东方哲人——孔子

阎 韬 ○ 著

齐鲁人杰丛书

主编 任继愈 副主编 乔幼梅 邹宗良 贺立华

山东教育出版社

图书在版编目(CIP)数据

东方哲人——孔子/阎韬著.—济南:山东教育出版社,2015

(齐鲁人杰丛书/任继愈主编)

ISBN 978-7-5328-9169-6

Ⅰ.①东… Ⅱ.①阎… Ⅲ.①传记文学—中国—当代 Ⅳ.①Ⅰ25

中国版本图书馆 CIP 数据核字(2015)第 249143 号

齐鲁人杰丛书

主　编　任继愈

副主编　乔幼梅　邹宗良　贺立华

东方哲人——孔子

阎　韬　著

出 版 者:山东教育出版社

(济南市纬一路 321 号　邮编:250001)

电　　话:(0531)82092664　传真:(0531)82092625

网　　址:www.sjs.com.cn

发 行 者:山东教育出版社

印　　刷:山东海博印务有限公司

版　　次:2016 年 4 月第 1 版第 1 次印刷

规　　格:787mm×1092mm　32 开本

印　　张:4.625 印张

插　　页:2 插页

字　　数:78 千字

书　　号:ISBN 978-5328-9169-6

定　　价:13.00 元

(如印装质量有问题,请与印刷厂联系调换)

印厂电话:0536-3501770

孔子像

大成殿

杏　坛

序

任继愈

山东教育出版社要出版一套《齐鲁人杰丛书》，这是一件很有意义的事。

我们的祖国是一个有着悠久历史和辉煌文化传统的文明古国，而山东则是中华文明的发祥地和重要地区之一，在中华民族的形成和发展史上做出了应有的贡献。近年来的考古发现已经证明，早在几十万年以前，"沂源人"就生息、繁衍、劳作在这块土地上，他们生活的年代与"北京人"大体相当。进入新石器时代，这里先后出现了后李文化、北辛文化、大汶口文化、龙山文化和岳石文化，形成了前后衔接的史前文化的完整序列，这在其他地区是十分少见的。

山东为齐鲁旧邦。西周初年齐鲁两国的建立，把西方周文化带到东方，与东夷文化相结合，造成新的文化优势，为后来秦汉以后的邹鲁、燕齐文化奠定了基础。齐与鲁对当时中国的政治、经济、军事、文化、科技等各个方面都产生了重大而深远的影响。孔子生于鲁国，他的思想学说不仅影响了中国，还影响到世界，成为世界人民共同的精神财富。此后孟轲、荀况发展了孔子的学说。鲁人墨翟是平民出身的政治家、科学家。孔墨两家成了战国时期的显学。孔墨之外，春秋战国时期的齐鲁地区人文荟萃，名家辈出，政治家如齐桓公、管仲、晏婴，军事家孙武、孙膑、田单，史学家如左丘明，工程技术专家鲁班，天文学家甘德，医学家扁鹊等。齐国稷下学宫，倡百家争鸣，大大地促进了学术文化的繁荣与发展，成为一时的学术中心。

下逮秦汉，中国进入大一统的封建社会。齐鲁文化博大精深的传统不断发扬光大，在此后两千年中，先后出现了公孙弘、诸葛亮、刘表、王导、王猛、房玄龄、刘晏、丘处机等政治家，彭越、羊祜、王敦、秦琼、王彦章、戚继光、邢玠等军事家，邹阳、东方朔、王粲、孔融、刘桢、徐干、左思、刘峻、刘勰、王禹偁、李清照、辛弃疾、张养浩、康进之、高文秀、谢榛、李开先、李攀龙、兰陵笑笑生、蒲松龄、孔尚任、王士祯等文学家，王羲之、王献之、颜真卿、李成、张择端、焦秉贞、高凤翰、刘墉等书画家，郑玄、王弼、刘熙、臧荣绪、邢昺、于钦、马骕、张尔岐、孔广森、郝懿行等经学家、史学家、文字学家，氾胜之、刘洪、王叔和、何承天、贾思勰、燕肃、王祯、白英、薛凤祚等科学家。几千年

来，人才辈出，灿若繁星。

进入近代，山东地区的历史发展呈现出两个十分鲜明的特点。一是灾难和压迫深重。1840 年鸦片战争之后，随着中国社会殖民化程度的加深，先是帝国主义教会势力侵入山东，后是日、英侵占威海卫，德国侵占胶州湾。二是压迫越是深重，反抗越是激烈。山东人民不屈不挠，前仆后继，进行了艰苦卓绝的反侵略、反封建斗争。山东人民反"洋教"的巨野教案，威海人民反抗英军侵占威海卫的斗争，高密人民的反筑路斗争，宋景诗领导的黑旗军起义，曲诗文领导的抗捐抗税起义，捻军和山东抗清武装击败清亲王僧格林沁的壮举，都是山东近代史上可歌可泣的壮丽篇章。面对帝国主义瓜分中国的狂潮，阎书勤、赵三多等率先举起了"反清灭洋"的大旗，直至发展为声势浩大的义和团反帝爱国运动，更是写在中国近代历史上光辉的一页。

1919 年的五四运动是由山东问题引起的，山东人民则是这一运动的前驱。随着马克思主义的传播，王尽美、邓恩铭等建立了山东共产主义小组，山东成为全国建党最早的省份之一。抗日战争爆发后，在民族危亡的历史关头，山东党组织领导了冀鲁边、鲁西北、天福山、黑铁山、牛头镇、潍北、徂徕山、泰西、鲁东南、鲁南、湖西等抗日武装起义，山东军民创建了我党领导的山东战略根据地，山东大地上成长起了范筑先、张自忠、任常伦等民族英雄。在解放战争时期，山东人民参军参战，支援前线，配合华东解放军粉碎了国民党反动派的全面进攻和重点进攻，当时在山东境内发生的孟良崮、莱芜、济南、淮海等一系列重大战役的胜利，都直接地推动和影响了中国革命和中国历史的进程。

山东是一块有着悠久文化传统和光荣革命传统的土地，是一个英杰辈出的地方。作为一名山东人，我深以在故乡的土地上出现过一代又一代的文化名人和仁人志士而感到骄傲和自豪。《齐鲁人杰丛书》以文学传记的形式，将他们中的杰出人物介绍给广大读者，他们坚韧不拔、克服困难的精神给人以鼓舞，他们各具特色的人生经历和杰出贡献给人以启发。我们诚挚希望这套丛书能在弘扬祖国的传统文化，增强民族凝聚力，推进祖国的现代化建设中起到积极的作用。作为本丛书的撰写者，切盼得到广大读者的指正，以便作为今后进一步改进的依据。

目 录

孔子的国与家

　　春秋时代的鲁国出了一位伟大的思想家、教育家，他倡导的儒家学说不仅在中国历史上产生了极其深远的影响，而且影响了中国周边的东亚各国，被人们称作万世师表。他就是世界公认的与苏格拉底、耶稣、释迦牟尼齐名的历史文化名人——孔子。

　　春秋时代在今天的山东境内有两大诸侯国，一个是以临淄为都城的齐国，另一个就是以鲁为都城的鲁国。鲁国东部为山地丘陵，在那里北面有雄伟的泰山，往南则有蜿蜒起伏的徂徕山、蒙山和尼山；西部是平原，有几条大河奔涌流动，北面是济水，往南则有汶水、洙水、泗水。这片土地，美丽富饶，宜于农耕和民居。鲁城故址位于山区与平原的结合部，即今曲阜市城区所处的位置，但其面积要比现今大得多。古时发源于今山东新泰的洙水与发源于泗水县东蒙山南麓的泗水在泗水会合后，西下至曲阜城北，又分为二水，洙水在北，泗水在南，小沂河流淌在城南。洙泗之间旧有洙泗书院，相传是孔子聚徒讲学之所，也是他晚年整理古代文献的地方。后人把"洙泗"当作齐鲁文化和孔子"教泽"的代称。孔子说："知者乐水，仁者乐山。"（《论语·雍也》，以下凡引自该书者只注篇名）鲁国的山水不但养育了孔子，也陶冶了他的性情。作为智者他喜欢水的清澈澄明，流动不息；作为仁者他喜欢山的雄伟凝重，气象万千。所以洙、泗、沂河边常有他的身影，蒙山、泰山顶上也留有他的足迹。

《荀子·宥坐》记载，孔子在河边欣赏大水东去。他的弟子子贡问他，君子为什么见到大水便要欣赏？孔子回答道："水能够普利众生而无私心，像君子之德；它往低处流淌，曲直都顺着事物的纹理，像君子之义；它滚滚而来没有穷尽，像君子之道；决了口即便涌出，冲向百仞之谷而不惧，像君子之勇；注入容器必然是平的，像是君子执法；满盈之后不再多盛，像君子之正；柔弱而无所不浸，像君子之察；凡物经水洗过便鲜洁如新，像君子之善于教化；不论经过怎样的曲折，始终向着东方，像君子之志。所以君子见到大水一定要欣赏。"孔子常观之水当然是洙水与泗水。他的弟子对于河水也是情有独钟，曾点曾经表示希望过一种淡泊宁静、悠闲从容

的生活，在春暖花开的时候，同几位朋友到沂河去洗澡，在河边的舞雩台沐浴春风，然后唱着诗回家。这种心态受到孔子的肯定。

山与水相比又是一番景象，山的高峻雄伟象征君子的意志、气魄；山的傲然挺立，不怕风雨，象征君子的特立独行；山体容纳百物，象征君子的利人无私；特别是登临远目，俯视尘寰，一切变小，可以荡涤人的俗念而开阔人的胸怀。在所有的山中，泰山有其独特的位置。它是众山之长，在平原上突兀而起，显得特别壮观，西周以来，天子要按时祭泰山，诸侯都来助祭。登泰山的感觉自然又有不同。孟子说："孔子登东山而小鲁，登泰山而小天下。"（《孟子·尽心上》）东山据考证是费县西北的蒙山，登上东山觉得鲁国变小了，登上泰山感到天下变小了。登上泰山，可以使人的胸怀得到极大的开阔，这恐怕就是孔子带领弟子登临的用意。现在，我们上泰山可以看到"孔子登临处"的牌坊和"登泰山而小天下"的碑文，可以想见孔子汗流浃背而乐此不疲的情形。

曲阜一带依山傍水，气候温和，土地肥沃，宜于动植物生长，自古便有原始人群在这里活动。考古资料证明，这里早在公元前四千多年的时候便孕育了大汶口文化，当时的人们以农业生产为主，手执石制农具，从事粟和其他农作物的生产，虽然还有人从事狩猎，但是家畜饲养已成为更重要的生产部门。公元前二千多年的时候，曲阜一带又发展出了龙山文化。人们虽然仍使用石器，但是都已经过精细打制，所生产的黑陶制品也非常精美。传说东夷的部族领袖太昊伏羲氏，即那位有名的八卦的发明者，他所领导的部族就在曲阜周围活动；炎帝神农氏曾在这里建都；黄帝轩辕氏曾在这里与东夷首领蚩尤作过战，打败蚩尤后任命少昊为东夷人的首领。少昊以穷桑（曲阜故地）为都，今天曲阜郊外尚有少昊陵。到了商代，此地名"奄"，是几朝君主的国都，"盘庚迁都"，就是从这里迁往殷（今河南安阳）的。迁都后奄的地位依然很重要，一直是殷商一大部族的统治中心。西周初年，奄与其他东方城邦仍在殷人手中，周公东征平定了武庚、管蔡叛乱之后，奄被封给周公之子——鲁公伯禽，从此这里才成为鲁。孔子时代，远古的故事仍在民间流传，少年孔子一定从中受到不少启发和激励。

　　鲁国大约在公元前1030年开国，至公元前249年亡于楚国，共历35位君主，881年。孔子生时，鲁国已经历了四百多年，二十几位君主。其中最著名的当然是开国之君、第一代鲁公伯禽。伯禽的祖父是周文王，伯父是周武王，父亲是周公，身世显赫，但是他不是纨绔子弟，而是一位能干的将军和政治家，这都亏了其父周公的教导。周公不但善于治国，而且教子有方。伯禽自幼与周成王一起受教于周公，早早便接受完备的礼乐教育。周公要求很严格，成王有过失，不能惩罚成王而要

惩罚伯禽。伯禽年轻有为，在武王灭商的战争中已经崭露头角，后来被封为鲁公，封地在河南鲁山，成为周人中最强大的诸侯。周本来是小邦，而殷则是大国，周人乘殷对外用兵之际，从背后打垮了它。战胜殷商之后，周开始只占有中原一带，广大的东方仍在殷商旧部控制之下，所以周人需要继续向东发展。成王给伯禽的封诰中便要求他"大启尔宇，为周室辅"，就是大大地向东方扩展疆土，成为周室的屏藩与助力。后来管叔、蔡叔等因为不满周公在朝的地位权势，联合殷人武庚发动叛乱。周公率部东征，伯禽所部是他最得力的队伍，从鲁山经豫东、鲁西南，一直打到鲁南。为了让周人保有广大的东方，周公、成王认为有必要把伯禽改封在这里。为了给鲁国选定新址，周公本人亲自来踏勘，看中了泰山之阳的奄。这样，奄就变成了鲁，成为鲁国的都城。

　　鲁国是伯禽的封地，由于周公和他本人的功劳、地位，鲁国分到"祝、宗、卜、史、备物、典策、官司、彝器"和"大路、大旗、夏后氏之璜，封父之繁弱"等等。也就是说，让伯禽享有只有天子才可能拥有的百官与文化官员，典籍，礼仪，仪仗礼器和其他文物。这样，鲁成为洛邑以东最有代表性的周文化的重地。昭公二年（前540年），晋国韩宣子到鲁国聘问，到鲁太史氏那里观看图书，看到了《易》、《象》与《鲁春秋》，他感叹道："周礼尽在鲁矣！"因此，常有各国的执政者或文化名人来鲁国观礼。

鲁国开国之初，伯禽用了很大的气力，对这里原来保留的殷人的习俗、文化、礼制作了比较彻底的改变，将周人"尊尊亲亲"的宗法、等级制度以及礼乐文化完整地保持下来，所以从开国到向天子复命，整整用了三年时间。而姜尚在其封地齐国就不是这样，他没有完全坚持周的礼乐文化，强调"举贤而上功"，因地制宜地保留了当地殷人的文化观念和风俗、习惯，所以他几个月便向周天子复了命。当时人们已经注意到他们之间的差别，有许多传说流传于后世。《淮南子·齐俗训》说：

昔太公望、周公旦受封而相见，太公问周公曰："何以治鲁？"周公曰："尊尊亲亲。"太公曰："鲁从此弱矣。"周公问太公曰："何以治齐？"太公曰："举贤而上功。"周公曰："后世必有劫杀之君。"

《史记·鲁周公世家》说：

鲁公伯禽之初受封之鲁，三年而后报政周公。周公曰："何迟也？"伯禽曰："变其俗革其礼，丧三年然后除之，故迟。"太公亦封于齐，五月而报政周公。周公曰："何疾也？"曰："吾简其君臣礼，从其俗为也。"及后闻伯禽报政迟，乃叹曰："呜乎，鲁后世其北面事齐矣！夫政不简不易，民不有近；平易近民，民必归之。"

《淮南子》所说的周公与太公对话未必是事实，但是内容基本正确。鲁完全行周政，齐则有所变化；所预言

的后果也不差：鲁确实是弱了，齐确实有被劫杀之君。《史记》的说法，是太公与伯禽分别向周公报政，这大概是事实，所说事情的内容与预言也都和《淮南子》大体相近。

总之，齐国因为重视功利且采用平易近民的礼俗，所以能够较快地强大起来，但是因为宗法、等级制度没有很好地坚持下来，所以不利于一姓的统治。鲁国与它相反，不可能很强大，但是同姓贵族地位高，力量强，不易为外姓所颠覆。事实正是这样。齐国后来在桓公、管仲的治理下，国富兵强，在列国间，尊王攘夷，九合诸侯，成为春秋时代最早的霸主，但是时隔不久，齐国政权便为陈成子所篡夺，姜姓之国变为陈姓之国。鲁国本不弱于齐，但是它的制度不利于发展，后来明显地不如齐国富强，但是它的宗法等级制度较为巩固，所以虽然卿和家臣的势力逐渐强大，公室衰弱不堪，但是鲁君到底还是伯禽的后裔。人的思想与周围环境有着非常密切的关系，齐国的环境最宜于培养管仲、晏婴这样既重视仁义也重视法的思想家，而鲁国的环境最宜于培养维护宗法等级制度的思想家。孔子自幼在鲁国的文化氛围中生活，深受周公与周人礼乐制度的影响，所以他创立儒家思想是毫不奇怪的。

按照周礼，人的地位由他在宗族中的血缘关系来确定。从鲁国来说，鲁公为国君，他的卿、大夫则由他的兄弟子侄来担任，血缘关系越近官职越高，相反则越低，士包括武士是贵族中最低的一层。贵族之下是平民，平民中又分为许多等级，如庶人、工、商等等。平民之下还有奴隶。正如当时的人们所说，"天有十日，人有十等"，而等级之间的界限又是不能打破的。从西周以来，在统治阶级内，有一个所有权与管理权分离的过程。有所有权的人不从事管理，将管理权交给手下的人去执行，掌握管理权的人想方设法巩固、扩大自己的权力，使之变成所有权。按照周礼，"溥天之下莫非王土，率土之滨莫非王臣"。就是说全天下的土地臣民都是周天子所有，天子分封给诸侯的土地人民最终还是天子的，在一定意义上他们替代天子管理。但是到了春秋时期，诸侯已经把代管的土地人民完全当作自己的财产而不许天子控制了。诸侯手下的卿如司徒、司空、司马、司寇等是诸侯治民理财，祭祀行礼，率军作战，以及从事外交的帮手。但是因为他们长时间地把持这些重要职位，形成了势力，就使这些官职成为世袭的，作为仕禄而分给他们的土地（采邑）也成为世袭的财产。鲁国很早便有了世卿世禄和世卿把持国政的现象。如鲁桓公的儿子同做了鲁公，他另外三个儿子的后人，亦即孟孙氏、仲孙氏、季孙氏则成为鲁国的卿，世代做司徒、司空、司马，他们还有自己的封邑，如成、郈、费等。但是卿也经常不做具体工作，把许多重要事情交给自己的家臣去做。久而久之，

家臣的地位、权力由于同样原因提高了，加重了，不仅把持了卿的家政，而且进一步把持了国政。在鲁国，最突出的例子便是季孙氏家臣阳虎，他不仅将季氏的封邑费当作自己的地盘，把持了那里的军队，而且敢于与季氏对抗，甚至要杀掉季桓子。权力的逐级下移是春秋时代的重要特点，它不仅引起了天子与诸侯间的矛盾，而且也引起了诸侯之间，诸侯与卿、大夫之间的矛盾，这些矛盾成为春秋时期政治领域的突出事实。孔子的时代正是家臣走上政治舞台，执政乱政的时代。深受周礼影响的孔子认为，周天子执掌天下大权，决定礼乐征伐是最合乎道的，如果这个权力落到诸侯手中就是无道的表现。如果权力再往下移，就是加倍的无道。礼乐征伐由诸侯决定，十世就会出问题，由大夫（即诸侯之卿）决定，五世就要出问题，由陪臣（即卿的家臣）来掌握国家的命运，三世就得出问题。所以"天下有道，则政不在大夫。天下有道，则庶人不议"（《季氏》）。孔子痛感鲁国与天下的混乱，以为由乱到治，就要解决权力下移的问题，从鲁国来说，就是要张公室而抑私家，使政权由卿、家臣的手中重新回到鲁公的手中。

　　孔子的先祖不是姬姓的周人，而是子姓的殷人，具体地说就是殷纣王之弟微子启。武王灭商之后，将微子启封在宋，成为第一代宋公。第五代宋公——宋前湣公传位于弟炀公。但湣公次子鲋祀不服，杀了炀公，让其兄亦即滑公长子弗父何为君。弗父何不同意，因为他为君之后第一件事就得正其弟弑君之罪，所以坚持让鲋祀为君，自己为卿。弗父何是孔子的第十代祖，其曾孙正考父，也是宋国历史上一位名人。他作为上卿，辅佐宋戴公、武公、宣公，功劳甚大，但是却从不自满，而且受命次数越多越谦卑；他曾在自己的鼎铭中说："一命而偻，再命而伛，三命而俯，循墙而走，亦莫余敢侮。饘于是，粥于是，以糊余口。"他相信，自己谦卑节俭，对国家有利，别人并不会因此轻视自己。正考父之子，孔子第六世祖为孔父嘉，他的字叫孔父，名叫嘉。根据周礼，大夫不得祖诸侯，五代以后，不再存在亲缘关系，应该别为公族。自弗父何至孔父嘉正好是五代，其后人应另立一族，以孔父嘉之字命名，即为孔氏。孔父嘉在宋宣公、穆公、殇公等历朝为卿。后来太宰华父督作乱，孔父嘉和殇公一起被杀，他的孙子孔防叔惧怕华氏一族的迫害，逃到鲁国，做了防邑宰。自此孔子先祖降为士阶层。按周礼，士人以自己的或文或武的知识技能为公卿服务，以此糊口。防叔的孙子叫叔梁纥，是一名武士，英勇善战，武力绝伦。在攻打偪阳的战役中，偪阳人打开城门放鲁军进去，当一部分人冲进之后，又突然放下悬门，企图将这批人消灭在城中。这时叔梁纥拼着性命扛住数百斤的悬门，大呼"收兵！"进城之兵舍命奔出城去，悉数脱险。因为这次大功，他被任为陬邑大夫，他

的名声在诸侯间传颂，此人就是孔子的父亲。

　　叔梁纥既有官职，又有名声，在士人中算是很不错的，但是后嗣问题一直困扰着他。他原有一妻，是鲁国施氏女，生了九个女儿，没有儿子；还有一妾，生有一子，名曰孟皮，字伯尼，但是自幼腿瘸。叔梁纥还是不满意，于是又娶了颜氏女征在。他们为求一健康聪明的男孩，在陬邑尼丘山做过祷告。后来果然如愿，欣喜异常，因为祷于尼丘山而有子，取名丘，字仲尼。这便是日后鼎鼎大名的孔子。孔子为什么名丘，还有另外一种说法："生而首上圩顶，故名曰丘云。"（《史记·孔子世家》）那就是说，孔子生来头形四面高中间低，状如山丘，所以名曰丘。那么他为什么又称被为孔子呢？子是当时对人的尊称，孔丘成名后，人们尊称他为孔子。

孔子生年月日，据《史记》、《春秋·谷梁传》等的记载，应该是鲁襄公二十二年鲁历十月二十七日（夏历八月二十七日），按公历推算，则为公元前551年9月28日。

关于孔子之生，《史记》说，叔梁纥与颜征在"野合而生孔子"。过去从维护圣人尊严出发，许多人认为叔梁纥与颜征在结婚时年龄已经很大，而征在却很年轻，不合于礼数，所以叫作"野合"。也有人说，古人认为圣人都是感天而生的，如商的先祖契，周的先祖后稷以及汉高祖刘邦，都有感天而生的神话，所谓野合也是这个意思。但是这些看法都缺乏必要的依据。周礼没有也不可能规定男女年龄差多大合礼，多大不合礼。另外，感天之说中都有神异现象出现，野合与此并不相干。"文化大革命"当中，为了说明孔氏一门之恶，有人把野合解释成奴隶主叔梁纥强奸了女奴隶颜征在，这也是没有根据的。后来有人对此提出新的解释，认为人类自从进入父系社会之后，妇女的地位低下，受到的束缚越来越多，但是古老的自由恋爱的遗风并没有立即消失，在相当长

的时间和相当广的地域里，保留了这样的习俗，即每年
在规定的几天时间里，允许妇女自由恋爱自由结合，野
合就是这个意思。也就是说，孔子的父母先有自由恋爱，
然后再正式结婚。比较起来这种看法可能更为合情理一
些。从封建观念来看，如果不是明媒正娶，无论对母亲
还是子女都是一种耻辱，所以维护圣人地位的人和要打
倒圣人的人都在这个问题上大费脑筋，其实这是一个早
已过时的陈腐观念，人的品格、成就与他是婚生还是非
婚生并没有什么关系，因此对于我们来说，野合就不是
什么大问题了。现在曲阜尼山一带有一些有关孔子诞生
的遗迹，如夫子洞、扳倒井之类，作为史实未必为真，
但是作为民间故事来看，尤其看孔子在当地百姓中的影
响，也还是有意义的。

刻苦自学的青少年时代

　　孔子不幸，在他很小的时候，父亲便去世了，具体时间，有人说是刚生不久，有人说在他三岁时，总之很小，以致不知其父的葬处。前面说过，叔梁纥生活是靠公卿给的俸禄，所以他一死，家里的生活就成了问题。也许是为了投靠颜氏亲友，便于谋生，还可能是为了孩子将来的发展，颜征在带着年幼的孔子，离开陬邑，来到鲁城。孔子一生大部分时间住在鲁城，在那里学习，在那里办学，在那里从政，在那里整理古代文献，最后在那里去世。

　　按照当时的宗法等级制度，孔子四世祖防叔来到鲁国之后便从卿降为士，从那以后直到父亲叔梁纥都是士，他本人当然也应该是士。但是，要做一个合格称职的士，除了

必要时拿起干戈上沙场拼杀以外，还需要有一定的知识技能，也就是掌握礼、乐、射、御、书、数，即六艺。颜征在也是士族出身，深明此理，所以在孔子很小的时候就让他接触家族内外的士人，增加他的学习机会。这样天长日久，耳濡目染，幼年孔子对礼仪逐渐有了兴趣，做游戏时，常常"陈俎豆，设礼容"。也就是把家中简陋的礼器拿出来，按规矩摆设好，然后自己按礼来进退周旋，表演行礼的过程。大人们看了都觉得新鲜有趣，谁也没有想到这位未来的周礼专家，正是从这里开始了自己的学业。

颜征在为养家糊口，不免常给鲁城的大户人家做些活计，换得一升半斗，艰难度日。但是这点收入还不够用，所以孔子稍大也跟着母亲一起干活。他后来对弟子们说："吾少也贱，故多能鄙事。"(《子罕》) 就是在他小的时候，家穷地位低，为了生活，干许多粗活。但是，他究竟在哪里，做过哪些粗活已不可考。

不管条件是多么艰苦，孔子总是坚持学习。他没有机会进入贵族子弟学习的官学，就刻苦自学。他对于什么都有兴趣，都要刨根问底地弄清原委。他没有固定的老师，不论什么人，只要有知识，他便虚心地向他们求教。他终生受用的一句名言是："三人行，必有我师焉。"(《述而》) 对于礼乐等六艺，不仅要知道如何操作运用，而且要弄懂其中道理，了解其源流演变和是非得失等等。

他一边学，一边体会，对礼的形式与思想内容——文王、武王和周公所发扬的周道，都有深入的理解，于是便产生了一个强烈的愿望——把研究和弘扬周朝的礼乐文化、典章制度当作自己一生的目标。孔子暮年在总结他一生思想经历时，曾说过，"吾十有五而志于学"（《为政》），说的正是这一点。这里的"志"字说的是行为的目的，而不是行为方式，如是否自觉等等。当时的士人，多数也是在自觉地学习的，但基本上都是志在谷禄，只有很少的人能够有更高远的志向。所以孔子说："三年学，不志于谷，不易得也。"（《泰伯》）孔子志不在谷禄，不在谋生，而在周文化和周道本身。特别值得注意的是，在许多人懵懂无知的十五岁，孔子已经明确地树立了自己的生活目标。

孔子十六岁时，慈母颜征在离开了人世，这件事给他的打击非常之大。好在他小小年纪已经在社会上锻炼过了，又有了坚定的生活理想，所以能比较快地调整好自己的情绪。母亲的丧葬事宜在他的安排下，办得妥帖恰当，一切都依周礼进行。按礼，父母死后应该合葬，但他不知父亲葬在何处，就无法立即安葬母亲，所以先将她殡于临时墓地——五父之衢，等到访得父亲葬处，才实行合葬。人们从这件事惊讶地看到一个青年人这样有主见，这样懂礼，这样干练。

孔子身材高大魁梧，据说有九尺六寸，折合成现在

的度量约为 1.91 米左右，被称作"长人"。大概在他十八九岁的时候，个子已经很高，自视也很高。一次季武子举行宴会招待士人，孔子以为自己应该受到邀请，于是也去参加。在季氏家大门口，家臣阳虎把他拦住，说："你是什么人？我家家主、鲁国正卿，今天招待的是士，没说要招待你！"坚决不许他进去。这事深深地刺激了孔子，使他知道自己士的地位还未被社会所承认，不努力奋斗是不行的。

孔子年龄渐长，就不在一般的人家干活，而到季氏家里工作了。孟子说："孔子尝为委吏矣，曰会计当而已矣。尝为乘田矣，曰牛羊茁壮长而已矣。"(《孟子·万章下》)做的虽然还是粗活，但是因为是在鲁国正卿家里当差，所以收入会多些，也更体面一些。孔子有很强的敬业精神，无论干哪一行，都要把它干好。委吏是主管仓库的小吏，孔子做委吏，兢兢业业，细致认真，把仓库管理得井井有条，保管的物品，不失窃不损坏，把货物进出账目搞得清清楚楚。乘田是主管牛羊放牧的小吏，孔子做乘田，早出晚归，栉风沐雨，精心放牧和管理牛羊，使它们茁壮成长，膘肥体壮。

孔子十九岁时，三年之丧已满，可行吉礼，于是结了婚。他的妻子是"宋亓官氏"。据考证，鲁国有亓官氏，"宋"字表明其家祖上为宋国人，后来也和孔家一样从宋来到了鲁。以孔子之贫贱，是不可能到别的国家娶亲的。第二年，亓官氏生了一子。相传鲁公当时送给孔子一条鲤鱼，所以孔子为儿子取名鲤，字伯鱼。当时孔子地位很低，鲁公不可能为祝贺他生子送他鲤鱼，很可能是毫不相干的原因。譬如，鲁公以捕鱼为乐，孔子正好在场为他出了力，鲁公一时高兴，把鱼赏给了他。但是不管是工作也好，结婚也好，生子也好，甚至是在他有了知礼的名气之后，孔子也从来没有放松自己的学业。夏商周三代文化让孔子欣喜、着迷，而兴趣则是最大的学习动力。孔子说过："知之者不如好之者，好之者不如乐之者。"（《雍也》）这是认知心理学的一条重要原则，孔子首先从他本人的体会中认识了它。

鲁城内有一座太庙，是供奉鲁国始祖的灵位的。大概是伯禽出于谦虚，以周公而不是以他本人为鲁国始祖，所以庙内供奉的是周公。经过历朝的不断废毁、重建，就成为今天的周公庙。当年那里藏有周和鲁的历史文物，各种珍贵的礼器，并且经常举行各种典礼，而且与鲁国宫廷不同，连孔子这样的乘田委吏也可以进来观看，是普通人学习周礼的好地方。孔子一有机会来到太庙就非常谦虚地向旁人请教，对于里面的建筑、陈设、服饰、典礼中的仪式等等，件件都要问个明白，留下了"子入太庙，每事问"（《八佾》）的佳话。当时不少人夸奖他："陬邑大夫（指叔梁纥）之子真是个好后生，在太庙里什么都要学习。"可是也有人喜欢把人家的优点看作缺点，

他们从"每事问"里看到的不是孔子好学，而是孔子无知，于是议论说："谁说孔丘是知礼的？他在太庙里，什么都要问，明明是无知嘛!"孔子听到这种议论之后，并不为自己的好学、博学进行辩护，只是谦虚地说："礼的学问广大高深，在它面前要虚怀若谷。在太庙里，难道可以冒充万事通吗？只有每事问才是知礼、尊礼的。"

孔子不但认真学习礼，也认真学习乐。司马迁在《史记》中讲述了一段孔子向鲁国著名乐师师襄子学琴的故事。师襄又名击磬襄，在鲁公府中击磬，但是他也擅长弹琴。

孔子向师襄子学习弹琴，十天时间里老是弹奏一支曲子。

师襄子说："这曲子你已经学会了，可以学习新的曲子了。"

孔子说："我对曲子本身是熟悉了，但是还没有了解其道理。"

过了一段时间，师襄子说："已经掌握了它的道理，可以学习新曲子了。"

孔子说："不行。我还没有把握它的意向。"

过了一段时间，师襄子说："已经把握了它的意向，可以学习新曲子了。"

孔子说："还是不行，我还没有了解作者的为人。"

又过了一段时间，孔子恭敬严肃地在思考着什么，快乐愉悦地在想象着什么。他忽然说："啊！我了解了他的为人：长得黑黑的，高高的，目光仰视，好像统治了四方的国家。不是文王，还有谁能作出这支曲子？"

师襄子听了之后，非常激动，在他的音乐生涯中，还没发现有谁能这样深刻地理解这支曲子，于是离开座席，拜了两拜，说道："我的老师说过，这曲子名叫'文王操'。"（《史记·孔子世家》）

这个记载可能稍有增饰，譬如孔子从曲中听出作者长得黑而且高，但是整个故事是可信的。孔子学琴曲，不但要会演奏，而且要掌握它的道理；不但要掌握它的道理，还要理解曲子的意向；不但要理解曲子的意向，更要深探曲作者的为人。等到这些都清楚了他才肯学习新的曲目。从这里可以看出，孔子的确是好学深思的人，也可以看出，他由于孜孜不倦地学习、追求、探索，对于音乐这门最抽象的艺术已经有了很深的造诣。

后来，孔子三十五岁的时候来到齐国，与齐国宫廷中的大乐师谈音乐，听他演奏《韶》乐，并跟他学习演奏，痴迷的程度是"三月不知肉味"。而且他从《韶》与《武》的曲调中听出二者的区别，他认为舜的《韶》是尽善尽美的，而武王的《武》尽美但未尽善。齐人因此对孔子大加赞赏。

孔子交游渐渐广阔，学识日益增加，已经可以和那些高级的文化专家在一起探讨问题了。每有外国此类人

士来到鲁国，孔子总要设法拜会，相互切磋。昭公十七年（前525年），郯国国君郯子来到鲁国，受到鲁公的款待，在欢迎宴会上他以丰富的历史知识回答了有关郯国古礼的一些问题，如郯国为什么以鸟名官等等。他的答案用今天的话来说，就是郯国的先祖少昊氏（原本都于穷桑即曲阜，其后人被周封于郯，为郯国）以鸟为图腾，当时的各个家支都以鸟命名，如凤鸟氏、青鸟氏等等，而整个少昊的部族分管各方面事务的官员即由这些家支的负责人担任，所以就成了以鸟名官。二十七岁的孔子

得知郯子很有学问，便至馆驿拜访，与他交流。谈过后，孔子觉得郯子非常有学问，对别人说："我听人家说，'天子的文化官员都跑散了，所以四夷显得更有文化'。这说法还是可信的。"

孔子做学问主张"无征不信"，拿到可靠的证据，方才做出结论，没有证据只可存疑。为了研究三代古礼，他克服经济上的困难，进行过出国考察。譬如，他从传说中得知夏商古礼的情况，为了弄清其真实性，亲自来到夏的后人的封地杞国和商的后人的封地宋国，艰苦跋涉，借阅古代文献，访问有学问的老人，考察得非常认真。他后来说："夏的礼我能说得出来，但杞国不足以作证。殷商之礼我也能说，但是宋国也不足以作证。是因为那两国的历史文件和贤者不够的缘故，如果够我就可以找到证据了。"

不仅如此，他还到过周的都城洛邑，向当时的大学问家、大思想家，周的守藏史老子问礼。有不少古书如《庄子》、《韩诗外传》、《史记》、《说苑》等都记录了这件事，但是所说的时间、谈话内容都不一致。老子学识渊博，谈礼自是不成问题的，但他是道家的代表人物，对于礼乐文化早已厌倦，抨击的言论颇多，如公开认为，礼是"忠信之薄而乱之首"等等。而孔子却是礼乐文化的崇拜者维护者，所以他和孔子在这方面恐怕不能深谈，要谈也只能谈点资料性、技术性的东西。但老子的人生

经验可能对孔子有所启发，老子待孔子如弟子，所以会在这方面给孔子点拨一下。

大概是因为对周礼有意见分歧，老子孔子两人坐在一起，半天没有人开口。后来还是老子先说话，他张开嘴，让孔子看，问道：

"牙还在吗？"

孔子说："不在了。"

"那么，舌头还在吗？"

"还在。"

然后老子便教导孔子："坚强者死之徒，柔弱者生之徒。牙是硬的，所以老早便掉了，舌是软的，所以至今健在。年轻人，记住啊，柔弱胜刚强！"

《史记·孔子世家》记载：访问结束，老子送孔子出门，临别有一段重要赠言："聪明深察而近于死者，好议人者也。博辩广大危其身者，发人之恶者也。为人子者毋以有己。为人臣者毋以有己。"这是说，为了自身的安全不要议论人、揭发人的恶，作为君父的臣子，不要突出自己的存在。这些话对于孔子可能会有影响。《庄子》的记载则说，孔子与老子谈后，对老子不受当时政治、意识形态束缚的精神状态大为赞赏，说老子像龙等等。这是孔子访老子的道家版本，过分揄扬道家思想，大概是靠不住的。

除了礼乐之外，孔子在射（射箭）、御（驾车）、书（写字）、数（计算）等方面也都很精通。书、数自不必说，做委吏时已经学得滚瓜烂熟。他身高力大，技艺精纯，在射、御方面也是一把好手。传说他在矍相的园圃射箭，观者像墙一样围得水泄不通。他在与弟子们的谈话中多次说到，自己可以做执鞭之士。可见他确实是在行的。

由于孔子喜爱古代文化，又能刻苦学习，所以积累了丰富的历史文化知识，又酝酿出礼与仁的思想，他很想把这些知识和思想普及到民众中，造就一大批像他一样的周礼拥护者、仁的信仰者，共同挽救无道的社会，于是他便创办了中国历史上的第一所私人学校，开始聚徒讲学。

从而立到知天命

开 办 私 学

鲁昭公二十年（前 522 年），孔子三十岁。这一年对他有特殊意义，因为他说自己是"三十而立"的。这里的"立"是指在社会上立身，在社会上作为一个具有人格的人而存在。在孔子看来，生活与立身是不同的，一个人可以靠他的贵族地位生活，也可以靠他的财产生活，也可以靠他的技艺生活，靠他的劳动生活，但不能靠那些立身。所谓立身，就是在道德上，在待人处世上，在礼节仪式上能够完全地符合社会公认的准则，在当时也就是周礼的要求。不然，这个人就是还没有社会化的野蛮人，就谈不上立身的问题。他说自己"三十而立"，就是认为自己经过多年的学习、思考、实践，在三十岁的时候已经解决了以礼立身的问题。

孔子十五岁志于学，志向虽高但缺乏本领。现在三十岁，修养、本领都大大提高，应该一展鸿图，实现壮志了。但是一个更大的障碍挡在前面，要实现政治理想和远大抱负就得从政，可是当时的政坛为季氏、阳虎之流所把持，孔子的出身他们看不起，孔子的思想他们不认可，所以想要插足政坛非常困难。孔子无奈，只好耐心等待。但是孔子并不消极等待，他把自己的精力放到三桓管不到，但又有利于鲁国和天下的文化教育事业上去，为周道的实行，为自己的从政，积极创造条件。

孔子在他三十岁的时候创办了中国历史上最早的私立学校。

　　在此之前，中国只有官府办学，学校是政府的一个部门，负责教育培养贵族子弟，这叫作"学在官府"。那时，平民子弟被排斥在学校之外，没有受教育的权利。春秋后期，社会状况有很大的变化，一些贵族衰落了，一些平民地位上升，这些人的子弟迫切要求学到进入社会所必需的礼乐知识、历史知识、管理知识，等等。人们需要对平民开放地传授这些有用知识的高质量的学校，于是孔子的私学便适逢其时地应运而生了。孔子办学开创了私人讲学的风气，为平民受教育提供了宝贵的机会，在中国教育史和中国历史上都是值得大书特书的事情。

　　孔子主张"有教无类"，意思是不分族类，对任何人都一视同仁地给予教育的机会。他的学校贯彻了这个原则，一不问出身，不论贵族、平民的子弟都可以入学，在当时情况下自然主要是面向平民子弟；二收费不高，他说："自行束脩以上，吾未尝无诲焉。"（《述而》）学生只要向孔子交上一束干肉，就算交了学费，有资格在孔子的学校里听课受教，这样便使许多家境贫寒的学子有机会上学。

　　孔子相信教化的力量，所以他注重招收素质好的学生，但也不拒绝品行不端的学生，即使学生暂时还没有学习的愿望，孔子也还是循循善诱地启发他来学习。突出的例子是早期弟子仲由。仲由字子路，比孔子小九岁，未入学前是一个粗暴无礼的人，头上戴着鸡冠，身上佩着猳豚，听到孔子学校中的诵读之声，便来捣乱，"摇鸡奋豚，扬唇吻之音，聒圣贤之耳"（《论衡·率性》）。孔子没有将他告官，而是细致耐心地进行教育，使他认识到自己的错误，直到穿上儒服，拿着晋见礼，请求孔子收他为徒。经过孔子多年的教导，子路成为他最著名的弟子，具有政治才能，是政事科的代表人物。这一时期学生中还有比孔子小四岁的秦商（字子丕）、比孔子小六岁的颜无繇（字路，颜回之父）及曾点（字皙，曾参之父）等人。

孔子的学生多数是平民，也有贵族。孔子学问大，教得好，在社会上树立了良好的声誉，连贵族也很佩服。鲁国三桓之一的孟僖子，年轻时未曾好好学礼。继任为卿之后，陪同昭公出访郑国和楚国，任务是相礼，做鲁公的礼仪助理，但是在两君相会时，如何见礼，如何应对，他全然不会，所以处处出丑，自己深感羞愧，回来之后发愤学礼，虚心求教。临死的时候，他把他的大夫召来说："礼是人的主干，没有礼就不能立身于世。我听说有一位懂礼的人名叫孔丘，是圣人的后代。我死之后，你们要让我两个儿子说（南宫敬叔）与何忌（孟懿子）给孔丘做学生，好好学礼。"后来两人果然来到孔子身边学习。

孔子的教学目的是培养领会文武周公之道，能够治国安邦的人才，他根据学生的条件分别向德行（有较高道

德修养)、言语(善于辞令)、政事(能处理政务)、文学(熟悉古代文献)等方向进行培养(《先进》)。但是他认为,不论属于哪一个方向,受教育者都应该成为有相当道德修养的人,成为素质好并且有才干的君子,所以他对道德教育抓得十分认真。

西周以来,在政府中服务的士,要掌握礼、乐、射、御、书、数等六艺,即六种基本技能,孔子的弟子将来要从事士的职业,所以这六项就是他教学的内容。由于时代的发展,夏商周以来的政治文献和诗歌,日益受到政界与文化界的重视，所以孔子的教学内容也相应地有所调整。那么他教弟子们什么科目呢？《史记·孔子世家》说，"孔子以诗书礼乐教"。这里的诗就是收集在《诗经》中的雅颂等部分的诗歌；书不是原六艺中的书写，而是收集在《书经》即《尚书》中的古代文献；礼、乐虽然就是六艺中的礼乐，但是孔子重视的是贯穿于其中的道理与文化精神（主要是仁的精神）。所以孔子教学的内容与传统的官学来比，已经发生了较大的改变，更注重与"武"相对的"文"，更注重形式背后的思想内容。这是六艺教育向六经教育的转变。

对于初学者，孔子特别强调对礼与诗的学习。他对学生的要求很严，礼不但要会讲，而且要会操作，经常摆上礼器，带学生们表演。诗与乐是连在一起的，学诗就要会吟唱，会在不同场合引用不同的诗句说话。他全身心地教导着弟子们，很少顾及自己家的事，一天他忽然发现儿子长大了，也该入学了。

孔鲤长到十五六岁，还没有认真参加学习。一天早上，孔子在院子里站着思考问题，孔鲤从他身边快步走过。孔子忽然心里一动：儿子不小了！于是叫他的名字：

"鲤儿！"

孔鲤站住，回答道："儿在。"

"我大半年时间忙于教授弟子，没有顾得上照管你。你学礼了吗？"

孔鲤说："我帮娘做点事，还没来得及学礼。"

孔子说："帮娘做事好啊，可是这不耽误学礼。人不学礼怎么在社会上站脚？记住：不学礼，无以立。跟着仲由他们好好学习吧。"从这以后，孔鲤开始认真学礼了。

几个月后的一个早上，孔子一个人站在院子里思考问题，孔鲤又从他身边快步走过。孔子又问他学诗没有。孔鲤答道："还没学。"孔子说："不学诗，无以言。不学诗，在外交、社交场合，就不知如何说话。好好跟着仲由他们学诗吧。"这样孔鲤又开始学诗。

孔子教学课目有六艺，有诗书礼乐，但是《论语》却说："子以四教：文行忠信。"（《述而》）这是什么意思？这是从每门课的内容或性质上划分的。每门课都有用语言文字表述的知识内容，这是文；都有具体操作方法，如礼的仪式，乐的演奏等，这是行；都有所包含的道德内容，即是忠信。这就是说他在每一个科目之中都贯串了道德教育。从现代的眼光看，孔子的教育包括了德育（礼的仪式与精神的教育）、智育（书写、计算、书经、诗经的教育）、体育（射、御的教育）、美育（诗、乐的教育）。最突出的是德育，而生产技术教育则是缺门。他晚期的一位弟子樊迟曾向他请教种庄稼、种菜的常识，他拒绝回答，而且还说樊迟是小人。他认为他培养的学生应该是治人者，治人者不搞生产，而搞生产的是治于人者，即被统治者。这种观念在历史上流行了几千年，它影响了我国科学技术的发展。

孔子非常注意教学方法的研究。他在长期的教学实践中总结和运用了一整套行之有效的教学方法。其中最重要的是启发式教学法。他主张对学生要"不愤不启，不悱不发"（《述而》），就是说要引导学生自己主动地去理解、说明，不到他想理解而理解不了的时候不去点拨，不到他想说而说不出的时候不去开导。他还主张因材施教，同一个道理，对于不同的人从不同的方面给予教导。譬如弟子司马牛为人多言，多忧，他问仁，孔子便告诉他"仁者，其言也讱"。（讱即言语迟钝）他问君子，孔子告诉他："君子不忧不惧。"只有修养高、悟性好的学生，孔子才将最深的道理告诉他。再如子路、冉有都问"听到一个道理，是不是马上就行动？"子路是性急冒进的人，孔子就对他说："有父兄在，要听他们的意见，怎么能马上便行动？"冉有是一个考虑多、放不开的人，孔子就对他说："是的，要马上行动。"（《先进》）孔子教学的又一特点是理论联系实际，他给学生讲授六经，同时结合当时发生的重大政治事件展开讨论，师生在讨论中都有提高，这便是教学相长。此外，孔子非常重视身教，他本身就是儒家伦理的楷模，他有高度的原则性，百折不挠的毅力，丰富的古代文化知识，多种多样的实用技能，达观的生活态度，谦虚和善的待人之道等等。他的人

格力量对弟子们的影响，远远超过言教。弟子们对孔子
无比崇敬，一生追随他前进，这都是他言教身教并重的
结果。

　　在洙泗之间，集合着一批有志有为的学子，他们在
孔子教导下勤奋学习，一个个知书达理，风度翩翩，是
鲁国文化生活的一道全新的风景线。孔子心中非常自豪，
他当时经常说："学而时习之，不亦说乎？有朋自远方
来，不亦乐乎？人不知而不愠，不亦君子乎？"（《学而》）
这既是说他自己，也是说他的那些学生们：努力学习并
且按时实习，感到非常高兴；常有志同道合的学子从远
方来问学，心里很是快乐；人们不了解自己，但心中没
有怨尤，颇有君子气象。

齐 国 之 行

昭公二十五年（前517年），孔子三十五岁，鲁国政治形势进一步恶化。早已经四分公室的三桓，与鲁君鲁昭公的矛盾更加严重。昭公要祭祀父亲鲁襄公，季平子把宫廷舞者弄到自己家里演出八佾之舞，共六十四人，使在襄公庙中跳万舞的人只剩两人。昭公咽不下这口气，下定决心，要除掉季平子。季氏飞扬跋扈，与叔孙氏、臧孙氏、郈氏等鲁国贵族以及他的臣下费邑宰都有很深的矛盾。鲁公曾暗中支持费邑宰反叛季氏的行动，但是因为势力单薄，没有成功。这年秋天，他终于等到一个机会。九月，叔孙昭子外出未归，孟懿子年幼不能主事，季平子一人在鲁城，势力相对孤立，昭公和他的三个儿子联合臧孙氏与郈氏，调集兵马，向季平子发动突然进攻，将他围困在他家的武子之台。平子迫于形势，要求放弃政权，离开鲁国。昭公想一举消灭季平子，但担心其他贵族不服，又去争取孟孙氏的支持。这时叔孙氏的家臣以为消灭了季孙氏，叔孙氏也保不住，便不待叔孙昭子回来，发兵从背后直取昭公。孟孙氏得知此事，也派兵助战。形势完全颠倒了过来，昭公的部队土崩瓦解，他本人不得不逃出国去，在齐晋之间流亡。

孔子对于季氏的做法深为不满，针对他在自己家里演奏只有天子才有资格演奏的八佾之舞，孔子说："是可

忍也，孰不可忍也！"（《八佾》）意思是这样违礼的事情
都忍心做得出来，还有什么是他做不出来的呢？三桓之
家在祭祖结束时，命乐工唱着《雍》这篇诗来撤除祭品，
孔子听说后也很气愤，他说："那诗中有这样的话：助祭
的是诸侯，天子肃穆地主祭。这样的话怎么能用在你们
三家的庙堂！"（《八佾》）

　　在昭公出走的前后，孔子感到鲁国无道，不如到齐
国谋求发展，于是带领弟子来到齐国。齐国虽然也有卿
大夫与国君的矛盾，但是朝政有晏婴的辅佐，基本上还
是稳定的。

　　孔子已是名人，来到齐国之后，齐景公便向他请教
如何治理齐国。齐景公奢侈无度，有马四千匹，为修宫

殿苑囿，大兴土木，百姓怨声载道。而他的臣下如陈成子，为夺取景公的江山，又用小斗进大斗出等办法收买民心。孔子对于这些都了解得很清楚，以为君不像君，臣不像臣，君臣都不依礼而行，这是齐国政治的症结所在。所以他说："国君，我奉献给您八个字，这就是君君，臣臣，父父，子子。君君就是君要行君道。臣臣就是臣要行臣道。父父就是父要行父道。子子就是子要行子道。"

齐景公听了很高兴，他说："说得好！如果真的是君不君，臣不臣，父不父，子不子，即使有粟，我也吃不上！"（《颜渊》）

他以为君有享乐的权利，臣有服从、供给的义务，这就是君臣之道，所以他说了那样一番话。他对君道的理解是片面的，其实依孔子的意见，周礼不但规定了君的权力，也规定了君的义务，光要权力不要义务就是不合君道的，而且如果君不行君道，则臣也不会行臣道，结果是很危险的。

后来景公又向孔子问政，孔子告诉他，"政在节财"。当然这更是直接针对景公的挥霍浪费而发的，大概景公还是觉得这是在说别人，所以听了也很高兴。

景公对孔子的谈话比较满意，很想留孔子在齐国做官。但是以晏婴为首的卿大夫都表示反对。晏婴对齐景公说："孔子是儒者，儒者的缺点很多，如空谈周礼而不

肯循法；为人倨傲，不能谦卑在下；主张破产厚葬，不合齐国的风俗；以游说为生，不能治国，等等。您现在觉得很好，时间长了就不能容忍了。再说，周礼已经衰败，孔子偏要恢复它，讲究繁文缛节，那些道理几世学不完，礼仪学到壮年都弄不懂。而且又都与齐国的历史文化传统不一致，是行不通的。"还有人害怕用了孔子会挡住自己做官的路，当然也表示反对。所以景公对孔子的态度步步后退。开始大概是要孔子做辅政的正卿，后来说："要我给你季氏在鲁国的地位，不可能，我可以给你季氏与孟氏之间的地位。"又过了一段时间，对孔子说："吾老矣，弗能用也。"以老为借口，表示根本不能用孔子。孔子本来觉得在齐国可能有施展才能的机会，但是景公的一次次退缩，使他看清了在这里也一样没有希望。所以当景公说出"弗能用"之后，孔子立刻启程回鲁国。当时孔子师徒做饭的米已经淘好，尚未下锅，他们捞起米就走，对于齐国一点留恋的意思也没有。

论苛政与德政

回鲁的路上，走到泰山脚下，孔子师徒忽然听到一位妇女在墓旁哭泣，十分悲切。孔子历来对死丧之事持严肃态度，现在习惯地倚在车前横木（轼）上，表示尊敬与同情，同时派子路前往打探。子路来到这位妇女身旁，对她说："听您哭得这样凄惨，像是有极深的痛苦，能告诉我们是怎么回事吗?"

妇女答道:"我的命好苦啊!以前我的公公死于虎口,后来我的丈夫也死于虎口,我的儿子这么年轻,前天又被恶虎咬死。我可怎么活呀!"

孔子对她说:"这里的虎患这么严重,你们为什么不搬家呢?"

女人说:"往北去,齐国衙役太凶,往南去,鲁国苛捐杂税太多,只有这山窝窝里没人管,还能活得下去!"

车子走了很远,还听得见女人的哭声。孔子脸色阴沉,半天才对弟子们说:"年轻人,记住啊,苛政猛于虎,苛政猛于虎啊!"

晚上住下来之后,孔子想起那位妇女的哭声,心里还是很不好受。他把弟子们找来,说了非常重要的一席话:

"你们将来都是想要从政的,千万千万要杜绝苛政,实行德政。我常说,为政以德,譬如北辰,居其所而众星拱之。你能实行德政,老百姓就会像众星拱卫北极那样拱卫着你。民为邦本嘛,百姓吃穿无着,怨声载道,国家就不稳了。"

"当然,德政不仅仅是废除苛捐杂税,更重要的是把礼乐教化放在第一位,而刑罚放在第二位。道(导)之以政,齐之以刑,民免而无耻;道(导)之以德,齐之以礼,有耻且格。用政刑来对付百姓,他们虽然可以做

到不犯罪，但是没有羞耻心；用德、礼来诱导百姓，那么他们就会知道廉耻，而且心悦诚服。"

孔子的老学生颜无繇说："我刚来跟您学习的时候，听您说过为政要宽猛相济。我想，宽肯定属于德政，但猛属于什么，德政还是苛政?"

孔子说："这个问题提得好。德政是根本的原则，宽与猛是实施的方式。当年子产说过，只有有德者才能在实行宽政的情况下使民众心悦诚服，做不到这点的人只有用猛政。这话说得很有见地。但是宽与猛都不是政的主体，主体是德政。德政是强调道德教化，但不是不要政治强制和刑罚，只是把它摆在次要地位而已。因而在实施之中，有时会宽，宽了百姓对上级便会不尊重，会破坏礼法，这时便要用猛来纠正；但是政猛之后，百姓会受到摧残，这时又要用宽来纠正它。这样宽以济猛，猛以济宽，政治便平和了。一味地猛，当然是苛政，但一味地宽却不是德政。你们要注意，无论宽猛，都不要忘了让百姓丰衣足食，不要忘记对他们施以道德教化。”

秦商问："实行德政，是否可以让民众来议政？"

孔子说："这怎么可以！民众没有知识，又容易图小利而不顾大义。所以我说，天下有道庶民不议。对于民众应该爱护和教导，使他们富裕又懂道理，但是不能让他们与士大夫平起平坐。"

那晚师徒几人谈了很久很久。

论　礼

孔子回到鲁国，仍然从事文化教育事业，一面做学问，一面教弟子。传道、授业、解惑，孔子一生乐此不疲。《史记》说："故孔子不仕，退而修诗书礼乐，弟子弥众，至自远方，莫不受业焉。"从这时起到五十岁前，又陆续来了一些新弟子，如闵损（字子骞）、冉求（字子有）、冉雍（字仲弓）、冉耕（字伯牛）、颜回（字渊）、端木赐（字子贡）、原宪（字子思）、高柴（字子羔）、公西赤（字子华）等等，他们都在孔子的教导下，成为当

时的杰出人物。

这一时期，孔子教学最重要的内容仍是礼。他对学生们说："礼对你们的求职是重要的，但是对于你们成人、做君子更为重要。礼是人的主干，也是立足点。周礼的规定就是做人的标准，按这个标准说话、做事，才是真正的人，不然就在人格上有所欠缺。要做一个君子就要博学于文，并且约之以礼，就是说要好好学习古代文献，同时还要以礼对自己的言行加以约束。"

弟子宰我提出一个问题："先生，如果我心地善良，天生就具有恭敬、慎重、勇敢、正直的品德，是不是还要学礼呢？"

孔子说："礼是三代的圣人们根据社会、人生的大道理制定的。个人的思想感情是私人的，周公之礼是天下公共的，两者不一定一致。个人的善的思想情感如果不用礼来指导、约束，往往有相反的结果。恭敬而不合于礼，就会劳累烦琐；谨慎而不合于礼，就会谨小慎微；好勇而不合于礼，就会破坏秩序；正直而不合于礼，就会尖刻刺人。所以一个人要与他人和谐，处理好君臣父子夫妇朋友关系，就要严格地按照周礼而行。"

过了一段时间，孔子把学生们召集到一起，问道："礼的作用是什么，你们讲得清楚吗？"

子路第一个回答："治身。我过去不懂礼，虽然想着要为国家做点事，比如除暴安良什么的，可是总想动武，用拳头说话。事情办不好，名誉也弄坏了。跟了先生才明白人要立于礼，要依礼行事。"

颜渊说："礼不但可以治身，而且可以治国平天下。为什么呢？人人以礼治身，君臣父子夫妇长幼的关系就能够理顺，这些关系理顺了，家、国、天下也就秩序井然了，那不正是大治的象征吗？"

孔子说："颜回说得对。礼在人类生活中是最为重要的，没有礼就不能有节制地侍奉天地的神明，没有礼就不能区分君臣上下长幼的地位，没有礼就不能分别男女父子兄弟的关系，以及婚姻、交往的疏密关系。所以，圣人才制定礼仪以教育民众，让上下都坚持实行，这样天下就可以大治。否则，必乱无疑。"

宰我问："既然礼这么重要，是不是就不能改变了？"

孔子还没有回答，子路便说："能改。我发现先生过去戴的帽子是麻做的，现在戴的帽子是丝做的，这不是改了吗？"

孔子说："丝的节省一点，而且大家现在都戴丝帽，我也就从众了。当然这是礼的小节，至于大的方面，除了周公这样的圣人，别人是不能改的。"

颜渊问："周公修正礼的原则是什么？"

孔子说："是损益。世道变了，礼也要变。该去掉的去掉，该增加的增加，礼的内容也就改变了。周礼是从夏商之礼承袭来的，但是经过周公的损益，水平大大超

过夏商之礼，周到完备，文采焕然，我赞成周礼。"

有人问："人能预见礼在将来的变化吗？"

孔子说："当然可以，不过要预见未来，先要懂得历史。殷商因袭了夏的礼，其间的损益是可以知道的；周因袭了殷商之礼，其间的损益也是可以知道的。掌握了损益的道理，就可以预见将来的礼，如果有继周而王的朝代，即使是百代之后，也是可以知道的。当然这也只是大体上预测，因为礼的损益可以做得好些，也可以做得差些。只有周公那样的圣人才能把它做得十分完美。周公是不可企及的，如果我们能做他万分之一的事情，死也瞑目了。"

子路说："您就是不在位罢了。让您给天子做正卿，肯定不在周公以下。"

孔子生气了："仲由！你的老毛病就是不改，总喜欢乱说。今天罚你扫地！"众弟子都掩口而笑。

这一天，弟子们都感到收获特别大，明白了礼既是治身的原则也是治世的原则，作为一个君子一定要终身守礼。

周礼虽然给人们的社会生活带来了秩序，保证社会按规则运转，但是它本身具有浓重的时代和阶级的烙印，它是为维护当时的等级、宗法制社会服务的，它的基本原则是尊尊和亲亲。周礼将人分成许多等级，尊尊就是要保证卑贱者对尊贵者首先是君的尊崇，对于贵族特权的承认，反对下级越级享受上级特权的僭越行为。亲亲就是强调亲族的爱，主张父慈子孝，兄友弟恭，其中特别强调子的孝和弟的恭。与此相应，礼强调"为尊者讳"、"为亲者讳"，要求在下者为尊者掩盖错误，亲者相互掩盖错误。孔子不仅同意这种观点，而且他本人做得也相当到位。

依照周礼，同姓之家不可通婚。鲁为周公之后，姬姓；吴是太伯（文王之伯父）之后，也是姬姓；因此两国公族是不可以结婚的。鲁昭公娶了吴国公族之女，严重违背了周礼，对此孔子了解得非常清楚。但是当陈司败问他昭公是否知礼时，他斩钉截铁地回答说："知礼。"

事后，陈司败对孔子弟子巫马期说："我听说，君子是不偏袒人的过错的，难道君子也会偏袒吗？昭公娶了吴国公族之女，违反了同姓不结婚的礼数，为了掩盖这个事实，还把这位本应叫作吴姬的夫人，改称为吴孟子。如果他也算是知礼的，有谁是不知礼的呢？"

巫马期把陈司败的话告诉了孔子，孔子说："我很幸运，如果有过失，别人一定会知道。"（《述而》）一方面，孔子明知说假话是错误的，但是为了替尊者讳，仍然要说假话。另一方面，孔子又欢迎别人对他的过错提出批评，包括揭露昭公的不知礼。这就是说，孔子在这个问题上心态是矛盾的、复杂的，但是归根到底还是要委曲求全地从礼。

从不惑到知天命

日子一天天过去，孔子自齐归鲁已经四年，从办学到现在已经是十年了。尽管他的影响渐远，声望日隆，但是鲁公与季孙都没有用他为官的意向。空怀着一身才艺，满腹经纶，但是没有施展的机会，只有在无奈中继续等待。

一次几个弟子侍坐，孔子叹了一口气，说："现在看来，我的道是很难实行了。唉！我真想乘木筏到海上去漂流。可是谁能跟我一起去呢？没有勇气是不行的，这个人应该是仲由吧？"

当时子路不在场，后来听说了，以为孔子要带自己到海上去，兴高采烈地跑来请示孔子："先生要到海上，好！我保着您！什么时候造筏子？"孔子看他兴奋的样子觉得好笑："仲由啊，你好勇超过了我，可光有勇敢还是不够的。"

"先生，我知道，还需要造筏的材料。"

"到海上就是避世，但避世的筏子如何造？它的材料到哪里去找啊！"

子路明白了，先生并不是真的要到海上漂流，他之所以这样说，只是表达自己的感慨。

正是在这样的日子里，孔子迎来了自己的四十岁生日。他说自己"四十而不惑"，所谓不惑，就是指对于周之大道，坚信不疑，对于生活道路的选择坚定不移。孔子坚定地认为，他的道是完全正确的，现在不能实现绝不影响它的意义与价值，将来总有一天它要在天下实现。在天下无道的情况下，君子也不可以消极避世，作为君子要有"知其不可而为之"的精神，在任何不利的情况下，都要坚持行道，尽君子的天职。所以尽管他说要浮于海，要到九夷，但是最终都没有去。

孔子开始教导弟子们，在不能出仕行道的情况下，应该具有什么样的心理准备。

一天，子路、曾晳、冉有、公西华陪孔子坐着。孔子对他们说："我年龄比你们大一点，不要因此而不敢对

我谈志向。你们平时总说别人不了解你们，如果有人要了解你们，你们怎么办呢？"

这时子路大大咧咧、不假思索地抢先发言："一个有千辆兵车的国家，夹在大国之间，常有战事，又有灾荒，给我去治理，三年以后，可以让人民勇敢，并且懂得礼仪。"

孔子微微一笑。看着冉求问："你怎么样？"冉求回答道："纵横六七十里或五六十里这样的小国，我去治理，三年之后可以使人人富裕，至于礼乐教化，要等待君子来施行。"

孔子又转向公西华问："你怎么样？"公西华很谦虚地说："不是说我已经很有本事了，我愿意这样学习：祭祀或与外国会盟时，我愿意穿戴礼服礼帽，做一个小司仪。"

最后孔子目光转向曾点，问道："曾点，你又如何？"上面三个人谈志向的时候，曾点一直在弹瑟，听到这一问，就放慢了速度，接着铿然一声把瑟放下，站起来回答："我的志向与他们三个人都不同。"孔子鼓励他："那有什么关系！不过是各言其志而已。你怎么想的就怎么说好了。"曾点便说："暮春三月，穿上新做的春装，跟五六个成年人，六七个童子，一起到沂水边洗澡，到舞雩台吹风，然后一路唱歌，回到家里。"孔子长叹一声说："我赞成曾点的想法。"

　　后来子路、冉有、公西华出去了，曾点便问孔子，三位同学讲得如何。孔子说："也就是各人说说自己的志向罢了。"曾点又问："那您为什么要笑子路呢？"孔子说："治理国家要讲礼让，他一点也不谦虚，所以笑他。"曾点又问："冉求所说的不是有关治国的事吗？"孔子说："怎见得治理那么大一片土地，就不是治国呢？""那么，公西华所讲的不是治国吗？"孔子说："有宗庙祭祀，有诸侯盟会，不是国事是什么？如果公西华只能做小角色，谁又能做大角色？"（《先进》）

　　孔子对几个学生的才能是有充分信心的，认为他们都是治国之材。他之所以笑子路，是因为他缺乏谦虚精神，而不是才能不够。但是他对三个汲汲入世的学生没有明显地表示肯定，却肯定了曾点那悠闲自得的生活态度，这是为什么呢？一个人能否出仕，有没有条件实现自己的抱负，才能只是一个因素，此外还要有合适的机遇。当时平民虽有机会获得公职，但是昏聩自私的贵族把持朝政，作为一个士人，即使你有才有道，他如果不认可，不欣赏，也是没有办法的。所以他希望自己的弟子们有两手准备，有机会出仕，那自然要做出一番事业，如果没有机会出仕，也要从容自如，放情事外。也就是说，既要拿得起，也要放得下，在当时还看不到出仕机会的情况下，曾点的态度非常可取。

　　但是，孔子在肯定曾点之前有一声长叹，表明了他

的心情是复杂的。放情事外，是没有办法的办法，它可以保证人在那种情况下不患心理疾病，但不该是人的第一位的目标。如果当时机会很好，以至于许多弟子都能出仕，孔子就不会赞成曾点的意见了。在应该出仕的时候不出仕，与小孩子们一起洗澡吹风，那也是要受孔子批评的。

《易经》是先秦时代的一部奇书，它虽然谈的是卜筮，但是其中总结了历史的经验教训，具有丰富的人生哲理和朴素的辩证法思想。孔子四十多岁时开始注意《易经》，像以往的有识之士一样，不从占筮而是从哲学的角度来理解它，对于提高自己的认识水平很有作用。《论语》中有这样一句话：

子曰："加我数年，五十以学《易》，可以无大过矣。"（《述而》）

这话应该是在五十岁之前的几年，大概是四十五六岁时说的。一种意见认为，孔子那时开始对《易经》发生兴趣，表示了这样的愿望："让我多活几年，到五十岁的时候去学习《易经》，便可以没有大的过错了。"（杨伯峻《论语译注》）就是孔子已经认识到《易经》的重要性，希望通过学习从而提高自己对于天道人道的认识水平，在处理政治事务中不犯大错。但是还有另一种理解，认为这句话并没有谈《易经》的事，其中的"易"字应按《鲁论》写作"亦"，就是说，原文应该是"加我数年，五十以学，亦可以无大过矣"。意思是，"再给我几年，学到五十，那时也可以没有大的过错了"（钱逊《论语浅解》）。两个说法都有一定根据，但好像都可以做一点损益。从前一种意见中取"学《易》"，从后一种意见中取"学到五十"，合起来就是"再给我几年，学《易》学到五十，那样就可以不犯大的过错了"。相应的，原话的断句就是"加我数年五十以学《易》，可以无大过矣"。

孔子读《易》——更准确地说是把玩《易》，即仔细琢磨体会其中道理，到五十岁时有了什么样的结果？这恐怕就是"五十而知天命"。《易》的辩证法帮助他总结历史经验，从而理解了天命——朝代兴亡、礼乐损益、世道变化的规律和趋势。他不但有了这种认识，而且有了与它相应的道德境界，这便是旷达、乐观。不知命而乐观是盲目的，知命而不乐观则不是真的知命。孔子不能出仕行道，只能看着世风日下，天下大乱，本来是忧苦、无奈的，但是他觉察到，当对于自己行道的意义有深刻理解时，心中会产生特殊的愉悦和美的感受。于是，他以愉悦化解了忧苦，到了五十岁上，与知天命一起，实现了"乐以忘忧"，在思想上完成一次重大的飞跃。

定公五年到八年（前 505 年—前 502 年），即孔子四十七岁至五十岁时，季氏家臣阳虎把自己的势力扩张到了"执国命"的顶点，他不但掌握了季氏的家政，而且还掌握了国家的权力。但是他不满足，还谋划着除掉季

平子，重新分配鲁国权力，使自己成为名副其实的正卿。
孔子和他的弟子在鲁国社会上形成一个有影响的儒士集
团，受到各方面的重视。这时，阳虎也看到了这一点，
他希望得到孔子师徒的支持，于是想方设法让孔子出仕。

　　阳虎想寻找机会见见孔子，但孔子不见。一次他趁
孔子不在，送一只烤乳猪到孔子家。按照周礼，大夫送
礼给士，士如果没能在家里受礼，就要到大夫家登门拜

谢。阳虎就是要用这一点，迫使孔子来见自己。孔子历来不满阳虎，这不仅仅是因为年轻时受过他的污辱，更主要的是因为他正是孔子最反对的以下犯上，身为陪臣而执掌国家大权的人的典型。虽然如此，按礼又不得不去道谢。怎么办？孔子决定用阳虎本人的办法来对付他，趁他不在家的时候前去道谢，可以既不失礼，又避免见面。他派弟子先去侦察，得知阳虎不在，自己才动身。但是他不愿发生的事还是发生了，鬼使神差一样，孔子在回来的路上撞见了阳虎。

阳虎大模大样地在车上向孔子招手："仲尼！到这儿来，有话跟你说！"孔子走过来，阳虎说："把自己的本领藏起来而让国家迷乱，能叫作仁吗？恐怕不能吧。向往从政但屡次失去机会，能叫作智吗？恐怕也不能吧。别忘了，时光流逝，时不我待呀！"孔子一直没有吭声，这时才说："好吧，我将出来任职。"（《阳货》）这事大约发生在定公五年以后，阳虎叛乱之前，孔子虚与委蛇，把阳虎应付过去了。

阳虎有一个同伙，名叫公山不狃，是季氏的私邑费邑之宰，对于季氏很是不满，但是当时没有暴露与阳虎共同谋反的关系。他带信给孔子，表示请孔子出山帮助自己治理费邑。孔子有心前往。子路知道后很不高兴，对孔子说："没有地方好去就算了，干吗要到公山不狃那里去呢！"孔子对子路说："他来召我，不会光是一句空

话吧？他要做一番事业，要用我，必定要答应我一些条件。如果有人用我，我就要实行周道，也许会把鲁国建设成为一个东周。"（《阳货》）孔子很想用于当世，但目的不是做官，而是要复兴周道，所以不在乎用自己的人官阶高低，权力大小。子路不理解，以为没有合适的地方做官就算了，怎可以到公山氏那里去做那么小的一个官呢？孔子给他作了解释，表明了自己的心迹。孔子虽然是这样说了，但要行动他还是非常谨慎小心。大概是怕公山不狃也有陪臣执国命的嫌疑，所以终于没有去费邑给他帮忙。不久公山氏果然背叛了季氏。

　　就在这时，历史好像要让孔子展示一下政治才华似的，偶然地给了孔子一个从政的机会。

孔子仕鲁

在孔子步入五十之前的几年里，三桓与家臣的矛盾日益尖锐，特别是掌握季氏家政以及鲁国政权的阳虎，与季氏的争斗更为突出。阳虎原是孟孙氏的庶支，早在季武子的时代已经做了季氏的家臣，昭公二十七年（前515年），代表季平子与孟懿子统兵伐郓，当时流亡在外的鲁昭公打算利用郓邑的力量复国，他们屡次打败昭公与郓人的军队。公元前505年，季平子卒，桓子继立。阳虎因为与季氏另一家臣仲梁怀有矛盾，而桓子支持仲梁怀，阳虎在九月找到一个机会，将季桓子囚禁起来，赶走了仲梁怀，后来在稷门内与季桓子结盟，又驱逐了季氏的两个重要家臣。敢于囚禁家主，并与家主结盟，说明阳虎的实际地位已在家主之上，控制了季氏

之家，并因此控制了鲁国。定公七年（前503年），阳虎又迫使定公、三桓与他盟誓，使鲁城的人与他盟誓，让大家承认他的地位。定公七年，齐人归还郓、阳关二邑，阳虎擅自将它们划为自己的封邑。但是他并不满足。又谋划着除掉季桓子等三桓当权人物，而由自己和另外二人代替他们。定公八年（前502年）冬，阳虎计划利用祭祀先公的时机，杀死季桓子，然后再进攻孟、叔二家。但是当天出发时桓子发觉苗头不对，临时改变路线，驰入孟孙氏家。阳虎知道事情败露，便劫持鲁定公等帅军猛攻孟孙家。孟孙氏的成邑宰公敛处父带兵来救，将阳虎打败。阳虎逃到灌、阳关据守。定公九年（前501年）鲁人伐阳关，阳虎败逃，在诸侯间流窜，后为赵简子收留。

鲁国家臣之乱不只阳虎一案，季孙氏除此之外还有南蒯之乱；叔孙氏有竖牛、侯犯之乱；孟孙氏其后也有公孙宿之乱。三桓在阳虎叛乱中受到严重打击，痛定思痛，认识到家臣专政的问题必须解决，不然在将来的某一天他们还会面临灭顶之灾。那么，这件大事由谁来做，家政国政交给谁去管？季氏希望用无土无民只受谷禄、德才兼备的官僚，来代替那些有土有民、无法无天的旧式宗法家臣，季氏把目光转向孔子师徒。于是孔子在五十一岁时终于有了出仕的机会。

为中都宰、小司空

孔子的第一个正式官职是中都宰。中都故地在今山东汶上县西，阳虎败逃之后，孔子被任命为中都宰，到职视事。有人认为，孔子当时声望很高，不应该只做中都宰，并据此怀疑史家记录有误。记载此事的典籍多家，不应皆误。其实从事理上看，孔子任官职可以说完全出于季孙氏的意思，他要找孔子代替阳虎来给自己办事，虽然从人们的赞誉里知道孔子知礼，善教，但是有没有治国的本事，是不是为季氏利益着想，都还不知道，所以要先委以较小的官职来考察。做公臣，还是做家臣？孔子名声大，做家臣不合适，所以要他做公臣，中都宰虽小，却是公臣，地位名声高于家臣。季氏家臣选谁来干？子路。子路是孔子最喜欢的弟子之一，有本领有魄力，做家臣当然不成问题。从这样的安排中不难看出，季桓子的确是很想依靠孔子师徒来重振自己的家业和声望的。

孔子在中都宰任上，做出哪些政绩？不很清楚。《史记》只说，"一年，四方皆则之"。《礼记·檀弓》说："夫子制于中都，四寸之棺，五寸之椁，以斯知不欲速朽也。"而《孔子家语》则在棺椁问题之外又加了不少内容，如说孔子制定了养生送死的礼节，规定长幼吃的不同，体强的与体弱的工作不同，男人女人行路不同，路

上不得拾人遗落之物，所造器物不容有雕饰，不容伪劣；就着丘陵造坟，不封不树。实行了一年，受到各方重视，各地诸侯都来学习。据说，定公也觉得不错，他对孔子说："用你的办法来治理鲁国，你以为如何？"孔子回答说："这个办法用来治理天下也是可以的，何止一个鲁国呢！"这里面可能有后人的附会，但是还是比较符合孔子的思想的。这些工作，实际上是移风易俗，用一套合于周礼的新风俗来代替原来的旧风陋俗。在民间突出了养生送死，区别长幼、男女的宗法道德，以及其他一些公

共道德准则。这对于安定秩序，和睦人群都有一定积极
意义。

　　由于鲁公与季氏都感到满意，孔子第二年就升为司
空。这个司空实为小司空，是大司空的副手。鲁国大司
空一向由孟孙氏担任，小司空虽然只是副手，但已经是
鲁国国家级的官员了，堂而皇之地在鲁城内办公了。据
《孔子家语》，在小司空任上，孔子在鲁国各地考察，分
别各种不同性质的土地，让农民因地制宜地种植庄稼，
改变了过去不懂土性，盲目种植的现象，使作物、土地
各得其所。这是孔子在小司空任上做的第一件大事。第
二件大事是改造了鲁公的墓地。前面我们说过，鲁昭公
客死他乡，死后鲁国人将他的灵柩迎回鲁国，季平子把
昭公葬在墓道之南，以表示昭公地位低，不能与其他先
公葬在一起。孔子在昭公墓南开了一道沟，表示沟北的
土地全是鲁公墓地，用一个简单的办法将昭公墓与其他
先公之墓合为一处。他对季桓子说，平子的目的是贬低
昭公，而实际上却张扬了自己的罪过，这是非礼的。我
现在把它们合在一起，这样就把平子的错误掩盖起来了。
季桓子听了也没有不同意见。于是孔子便通过了第二次
考验，很快被提升为大司寇。这个职位本为鲁国贵族臧
孙氏家所世袭，但是自从臧武仲被排挤出走之后，这个
职位便一直空着，现在任孔子为大司寇，则是以他为卿，
地位相当高。

任大司寇，与定公论政

　　孔子当上大司寇之后，经常与鲁定公在朝堂上相见。定公知道孔子在政治上是主张抑私家而张公室的，对他不仅有好感，而且有浓厚的兴趣，很想全面了解他的政治见解。一天，趁季桓子不在朝堂，定公便问孔子："据爱卿之见，家、国、天下应该如何治理？"

　　孔子说："要治理好家、国、天下，首先是要符合于大道。这大道便是中央集权，由上至下，层层管理。天子治天下，诸侯治国，大夫治家，这样就可以达到天下大治。"

　　定公说："从我出生之后，就没有见过这种局面。"

　　孔子说："正是这样，天下无道已经有很长很长的时间了。历史经验证明，天下有道，则礼乐征伐自天子出；天下无道，则礼乐征伐自诸侯出。自诸侯出，盖十世希不失矣；自大夫出，五世希不失矣；陪臣执国命，三世希不失矣。天下有道，则政不在大夫。天下有道，则庶人不议。最大的权力是制礼作乐和宣布、实施讨伐战争的命令。这个权力在天子手中就是天下有道，武王、周公及其以后的几百年时间里就是这样。这个权力落到诸侯、大夫的手里便是天下无道，东周以来齐桓、晋文等相继称霸，天下便处于这种状态。因为无道，所以十代之后很少有不出乱子的。现在，齐桓公至齐景公已历九公，晋文公至晋定公已历十一公，早已大权旁落，很快将被他人取代。这个权力落到更下一级的人手里，将败得更快。在大夫手中，五代之后很少有不出乱子的，譬如我鲁国，季氏执政五世，便有阳虎之乱。这权力如果落在陪臣手中，那么三世很少有不出乱子的，阳虎、公山等人都是当身败落，还不到三世。所以要从无道转为有道，就要把大权上交，重新树立天子的权威，让各级的统治者都只有与自己名分相当的权力，那么天下就太平了。"

定公虽然贵为国君，但是不懂历史，整天关心的是吃喝玩乐，听孔子一席话，如梦方醒，看了看左右，低声对孔子说："寡人向往大道，能让三桓各治其家，而寡人在鲁国说一不二，那是什么滋味！"在定公看来国君只意味着享乐，而在孔子看来，国君首先意味着责任。这是他们之间的根本不同。

过了几天，定公与孔子在朝堂上又谈论起来。定公道："爱卿，我听说您断案子很有办法，比别人都高明。"

孔子说："不，在断案上我与别人没有什么区别。我重证据，尊重陪审的父老的意见，所以断案大体正确。我与别人不同的地方在于，我的目标不是断得准确，而是使百姓没有官司可打，这就要依靠礼乐的教化力量，提高百姓道德。"

定公说："爱卿说得好。但是以礼对待民众是不是过

于抬举他们了?"

孔子回答道:"民众是人,不是牲畜,用礼来对待他们,正是把他们当人来看。让民众与贵族平起平坐是不对的,但是把他们看作牲畜也是不对的。"

定公又说:"民众虽然不是牲畜,但是正如爱卿所说,他们不可以议政。寡人以为,朝堂上大臣都能像民那样不议政,不抨击寡人就好了。我不觉得为君有什么快乐,只有说话没有人敢违抗,还差强人意。"

孔子表示不能接受:"臣与民不同,臣是应该议政的。您喜欢说话没人违抗。如果说得对,没人敢违抗当然好;但是如果说得不对却没有人敢违抗,敢提出不同意见,相反却赞美独断专行高明,这就非常危险了。只这一言就可以丧邦。我主张,臣对于君主,不要说假话欺骗他,而要讲真话,敢于犯颜直谏。"他上次就觉得定公的话味道不对,现在终于有机会予以驳斥了。

定公说:"犯颜直谏恐怕不合于礼。"

孔子说:"犯颜直谏恰恰合礼。"

定公说:"爱卿,据寡人所知,您对国君非常尊重。国君有召,不等驾好马车,立即徒步上路;人家在殿上拜国君,您在殿下殿上都拜。见到君主的座位即使是空的也要毕恭毕敬。您这样尊敬国君,又怎么能对他当面指责?"

孔子说:"国君的人格可敬,国君的过失不可敬。"

定公说："如果寡人不听直谏，您又如何？"

孔子坚决地说："臣再谏，如果三谏不听，就辞职。臣不能没有自己的尊严。"

定公突然看到孔子的另一面，意识到在周公的秩序里，身边有几个敢于犯颜直谏的人盯着，那日子也不见得好过。

夹 谷 之 会

孔子在鲁大司寇任上最显著的一项政绩，就是定公十年（前500年）在齐鲁两国夹谷会盟上，为鲁国争得一次外交上的重大胜利。

很久以来，齐强鲁弱之势已经形成，所以鲁国外交战线上的重要任务就是依靠鲁国自身的实力，巧妙利用各国特别是大国间的矛盾，与齐国、晋国周旋，维持国家的生存。在此之前鲁国已经这样做了，它时而投靠晋国，时而与齐结好。眼下，与晋结盟而反对齐国的政策已经实行了一个时期，形势有了新的变化。这时齐国为了与晋国争霸，希望鲁国弃晋而事齐，所以主动要与鲁国会盟讲和，意图是要鲁国在将要发生的齐晋之战中跟随齐国去打晋国。鲁人意识到齐越来越强，继续反对齐国对自己将非常不利，为此也想与齐讲和。对于鲁人来说，应允齐国的一些要求是必然的，但是如果能不失体面，并且得到一定的补偿，那便是最好的前景了。鲁人

想的就是从齐人手中重新得到郓、汶阳、龟阴之田。这田原属季氏，由其家臣阳虎掌握。前501年，阳虎在叛乱中失利，便率众逃到齐国，并把这些田献给了齐国。按鲁国惯例，鲁君出境进行外交活动，要由上卿担任相礼之官，僖公以来此职一般都由三桓担任，但是这次他们看到齐国势头太大，担心自己在会上受辱，也担心没有本事完成任务，所以不敢与会，便让刚刚当上大司寇的孔子作为鲁定公的相礼，参加夹谷之会。孔子领命，对于他将要参加的第一次重大外交斗争认真准备。他想到，一定要有一支较强的卫队，于是向鲁公建议："从古以来文武两个方面是相资为用的。有文事必有武备，有武事必有文备。按古代惯例，诸侯出疆要有官员随从，这次夹谷之会，请您带左右司马，由他们指挥一支精干的卫队。"鲁公答应，于是选定军官与卫士。齐人究竟会耍些什么花招？还不知道，但是他知道会上肯定要有一场恶斗，自己一定要处变不惊，以智慧和勇敢应付齐人。

齐国知道孔子担任相礼，开始研究孔子的为人。齐臣犁弥对齐景公说："孔子十多年前来过齐国，我了解他。他是儒者，儒者柔弱，胆怯无勇，懂得一点周礼，没什么用处。如果我们派夹谷当地的莱人用武力劫持鲁侯，那么我们说什么条件，鲁人就得答应什么条件。"他所说的莱人，本是莱国的民众，齐灵公灭莱以后，他们就散居在莱芜一带，他们不是齐国兵士，但听齐人指挥，干得不妥，齐人可以推卸责任。夹谷就在莱芜，可以就近利用他们。齐景公觉得这个主意不错，要求犁弥周密准备。

会盟的这天，齐侯由晏婴陪同，鲁侯由孔子陪同，来到会盟的坛下，双方揖让着登上坛去。献酬之礼一结束，齐国的司仪高声说："请奏四方之乐！"这时莱人带着武器冲到坛前，鼓噪表演起来，他们在呐喊声中有意识地向鲁公步步逼近。孔子见势不妙，一边拉着鲁公后退，一边命令鲁国兵士用戈矛顶住莱人。双方眼睛盯着眼睛，武器对着武器，会场一时静了下来，真是千钧一发。

孔子把鲁公交给左司马，自己走到齐景公面前，大

声提出抗议："这是两君的友好会盟，齐国官员容许外邦夷人俘虏拿着武器捣乱，这不符合齐侯对待诸侯的一贯态度。不能容忍外邦夷狄对付华夏，不能容忍俘虏干扰会盟，不能容忍用兵器威吓友好。这样做就是亵渎神灵，丧失道义，违反礼仪。今天的场面实在令人遗憾，我相信这并不是齐侯您本人的意思。"

景公听了之后，感到齐人做得的确过分了，不符合诸侯的行为准则——礼，而且孔子也并不像预想的那样胆小怕事，听任摆布，所以马上要莱人撤下去，重开会谈。在议定盟书条款时，齐人提出，齐国军队如果出境作战，鲁国必须派出甲车三百乘协同作战，否则便是违背盟约。这一条是齐国必定要达到的目的，鲁国要反这条是不可能的。这时孔子立即提出一个对等的要求，他说："如果齐不归还鲁国汶阳之田，使我无法置办这些兵车，也是违背盟约！"齐人没有办法反对，也只好写在盟约上。

签订盟约之后，齐景公又表示要宴请鲁定公，不让走。孔子担心事态再生变化，就很有礼貌地加以拒绝。他对齐国大夫梁丘据说："您知道，齐鲁两君会盟没有这样的先例。事情已经办成，又要宴请，太麻烦贵国了。再说，高级的酒器不出宫门，美好的音乐不演奏于野外。如果在这里用它们就是糟蹋礼仪，如果不用它们而用低等的礼器与音乐便是污辱君侯。宴请是用以昭示威德的，如果不能达到这个目的，不如就算了。您以为如何?"梁丘据拿不出反对的理由，报告给齐景公，于是齐侯表示:"不宴请了，请鲁侯早早上路。"鲁公一行终于平安回来。后来，齐人还真的把汶上之田归还给了鲁国。

孔子在这次会盟中，使鲁国在强齐面前不失体面，而且还把已失去的汶阳之田收了回来，确实是立了大功。因此，他更为鲁君和季氏所看重，地位比以前又有提高。

诛 少 正 卯

孔子作为鲁国大司寇除了参加夹谷之会，赢得一次重大的外交胜利之外，还有什么政绩?荀子、司马迁等认为是杀少正卯。据《荀子·宥坐》篇的记载是这样的:

孔子做了七天代理宰相便杀了少正卯，在学生中引起争议，有人说杀得好，有人说不该杀。有人为此直接向孔子提出质疑:"先生刚刚上台就杀鲁国一位知名人物，是不是一个错误?"

孔子说:"你们来了正好，坐下吧，我给你们说说事情的缘由。盗窃的事不算在内，一个人如果有下面所说五恶中的一恶就可以杀。第一恶，明白事理但内心凶险;第二恶，行为邪僻并十分顽固;第三恶，惯说假话却说得头头是道;第四恶，大量搜集奇谈怪论;第五恶，坚持错误善于掩饰。少正卯身兼五恶，所以所到之处能聚徒成群，发表谬论能够欺蒙群众，刚愎自用能够与正道对

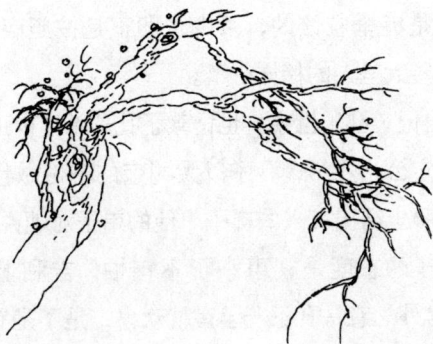

抗，他是小人中的桀雄，不能不杀。其实，圣贤们早有
先例，譬如汤诛尹谐，文王诛潘止，周公诛管叔，太公
诛华士，管仲诛付里乙，子产诛邓析、史付。被诛的七
人，时代不同，但心恶相同，所以不可不诛。《诗经》
说：'忧心悄悄，愠于群小。'小人成群，这是最值得忧
虑的。总之，少正卯品质恶劣，用谎言欺骗蛊惑群众，

与历史上有名的恶人一样，与国家对抗，图谋不轨。所以杀他是完全应该的，杀少正卯正是按照商汤、文王、周公这些大圣人的榜样行事。

《史记·孔子世家》也记载了孔子杀了少正卯的事：

鲁定公十四年，孔子以大司寇的身份做代理宰相的工作，脸上露出高兴的样子。他的弟子对他说："我们听说，君子的态度是祸事来了不害怕，吉利上门也不得意。"言外之意是孔子升了官就欢喜，是不是有悖于君子之德？

孔子说："这话当然不错。但是常言不是有'乐其以贵下人'的话吗？我乐的其实是这一点：地位高了仍能谦虚待人。"他工作得很认真，不久杀了乱政的大夫少正卯。经他治理，三个月之后卖猪羊的不抬价；人们走路男女有别；而且路不拾遗，外地来鲁城办事的人，不用找管事的官员，事事都安排得妥妥帖帖，像在家里一样。

这件事情，《淮南子》、《说苑》、《白虎通》、《论衡》和《孔子家语》中也有类似的记载。

但是记录孔子及其弟子言行的重要著作《论语》以及《孟子》都根本没有提到此事。到了宋代，朱熹首先提出诛少正卯一事不可信，理由是《论语》、《孟子》不讲，而只有《荀子》讲，荀子在朱熹眼中不是醇儒，具有法家倾向，有可能将自己的想法强加给孔子。在他之后有许多人都表示《荀子》之言不足信，那只不过是一

种寓言而不可能是圣贤的实录，特别是它所展示的孔子思想，与孔子说的"子为政，焉用杀"等等坚持德政的观点相左，所以，孔子没有也不可能杀少正卯。

从史实的考证来说，根据《论语》、《孟子》否定《荀子》、《史记》并不容易，不能说《论语》、《孟子》所没有记载的就是不存在的，也不能因为荀子有法家倾向，就能断定他在这个问题上必定是在讲寓言。而且诛少正卯的事情也并不是各家纷纷抄录一个版本，譬如《荀子》，它们的说法不大一样，很可能是同一事实的不同传闻。

再从孔子的思想实际来看，他未必主张不杀任何人，在他心目中，圣人也不是不杀任何人的，汤、文、武、周公这些大圣人不是都杀过人吗？他本人还说过："'善人为邦百年，亦可以胜残去杀矣'，诚哉是言也。"（《子路》）善人为邦百年才可能不用死刑，孔子不会认为自己特别高明，为邦一年半载就可以胜残去杀。"子为政焉用杀"，这话是对季康子说的。季康子向孔子问政："为政可否杀无道而亲近有道？"在孔子看来，康子多欲、不善，鲁国问题的根子在他身上，他如果有道，鲁国人都会跟着有道，根本用不着杀。所以孔子给康子的回答是："您为政干吗要杀人呢！您自己想为善，老百姓自然为善。君子好比风，百姓好比草，风往哪里刮，草便往哪里倒。"（《颜渊》）这和孔子对康子说的另外一句话非常相近："政者，正也。子帅以正，孰敢不正？"（《颜渊》）他认为对于康子来说，最重要的是先把自己管好，这一点做到了，才能谈得上其他。这些话是针对性很强的，只对康子之类的为政者有效，并不是泛论为政原则。所以从思想倾向上看，孔子是有可能诛杀少正卯的。

如果历史上确实存在过孔子诛少正卯的事情，为什么《论语》、《孟子》对此表示缄默呢？《论语》的编辑者和孟子从道德理想主义的立场出发，以为仁义道德可以解决任何问题，圣人可以用道德感化任何人，不用刑罚，不用刀锯便可使天下大治，所以不会去杀人。如果承认孔子杀了少正卯，那就把他降低成一个靠刑政治国的俗人、黄老学派以至法家人物。所以最好的办法就是保持沉默，"为尊者讳"。但是在没有这种道德理想主义思想的荀子、司马迁等人看来，孔子作为一位代理宰相，一位政治家，杀了少正卯，把危险在萌芽状态铲除，是正确的。记录下这个事件，不但不会影响孔子的声誉，相反正好表明孔子是真正能够治国平天下的大儒，不是那种只会空谈的废物。到了宋代，理学大兴，道德理想主义占了优势，荀子思想在舆论界吃不开，所以有许多人否定杀少正卯事件，这是完全符合解释学的规律的。"文化大革命"中，"四人帮"大搞批孔，把《荀子》、《史记》、《论衡》找出来，说少正卯是改革派，而孔子是奴隶主复辟狂，孔子当政七天就杀少正卯，暴露了他的凶

恶本性。这当然也是站不住脚的。

堕 三 都

三都指的是叔孙氏的郈邑、季孙氏的费邑和孟孙氏的成邑。它们之所以称作都，是因为建制过大，达到了都的标准。堕三都就是将三都拆除。这三个城邑都靠近齐鲁边界，鲁公将它们封给三桓，是为了奖励他们辅政之功，同时也是要让三桓为了自己的封邑而尽心竭力地保

卫鲁国的边疆。三都到了三桓的手上，发展出鲁公所不愿意看到的功能，他们把城建设得特别大，城墙又高又厚，聚草屯粮，使它们成为与鲁公对抗的军事据点，三桓在鲁国权势、地位的依托。他们经常用三都的兵力与鲁公的军队较量。后来三桓掌握行政管理权的家臣，执了家命，又进而执了国命，三都又成了他们对付三桓的据点，他们经常以三都的实力反叛三桓，弄得三桓非常狼狈。定公十年秋，侯犯以郈背叛叔孙氏，当叔孙武叔带兵打来时，侯犯与齐人联系，以郈换齐地，以保住自己的利益，这个计划虽然遭到破产，但是却给三桓敲响了警钟：三都已经成为家臣的据点，形势非常不妙。如何解决？人们想到，他们不是以城邑叛变的吗？那就把城堕（拆除）了，让想要造反的家臣无城可守。

　　那么堕三都的方略是如何提出来的呢？《左传》说这是作为季氏宰的子路提出来的，《公羊传》与《史记》认为是孔子的谋划。子路是孔子最忠实的弟子，他们有一个共同的目标，就是削弱家臣与三桓，以张大公室，堕三都是他们的一个重要战略步骤。行动上的不同大概只是分工的不同，子路向季氏提出此议，孔子再从理论上加以点拨，共同说服季氏下定堕都决心。孔子对季氏说，"家不藏甲，邑无百雉之城"，这是周礼的规定，按礼而行没有不对的。之所以有陪臣执国命和邑宰多次叛变的情况发生，是因为"邑有城池之固，家有甲兵之藏"，违

背了周礼，为了季氏和鲁国的利益，三都必须拆除。

季氏觉得孔子虽然最终是为贯彻周礼，有利于鲁公着想的，但是这一招毕竟符合自己的利益，于是就干了起来。第一步，由叔孙氏来堕郈。前面说过，侯犯以郈叛，拿郈与齐另一城邑相交换，这时，侯犯逃亡，齐人将郈归还于鲁，在没有邑宰的情况下，比较容易地拆毁了郈。第二步堕费。当时费宰是公山不狃，阳虎为乱时，他暗中实已参与，堕费就是针对他而来的，他当然不能坐视，于是和叔孙辄一起，先发制人，以攻为守，组织人马向鲁城进攻。很快突入城中，定公与三桓等都逃到季孙家的武子之台，公山氏包围并强攻武子之台，当他的部队接近定公时，孔子命令申句须、乐颀带兵拼死冲下台去与公山氏作战，费人失利，逃出城去，鲁人追到姑蔑，把他们打败。公山不狃与叔孙辄逃往齐国，鲁人便把费城堕了。

第三步是堕成邑。成邑宰是公敛处父，他是孟孙氏家臣，曾在平定阳虎之乱时救过孟孙、季孙，对于孟孙比较忠诚，他们之间没有大的矛盾，孟懿子碍于季孙氏与老师孔子的面子跟着喊堕三都，但对堕成没有兴趣。这时，公敛处父来找孟懿子，劝他不要参加堕成的活动，他说："成是鲁国北边屏障，堕了成，齐人一下子就到了鲁国北门。何况，成是孟氏的保障，没有了成，也就没有了孟氏。所以成城不能堕。"于是两人商定，处父坚决

守城，懿子伪装不知，这样顶着。此时季孙与叔孙也都
醒悟过来，不可以无限度跟着孔子走下去，所以对于堕
成也不积极了。这年冬天，定公与孔子带兵围攻成邑，
久攻不下，只好不了了之。这就宣告堕三都的最终失败。

离 开 鲁 国

季孙氏掌握鲁国大权，孔子仕鲁，实际上是仕于季
孙氏。所以他与季孙氏的关系决定了他的仕宦生涯。自
任中都宰以来，他每次都通过考验，受到季桓子的赏识
和提拔。直到升任大司寇，关系更好，"孔子行乎季孙，
三月不违"。（《春秋公羊传》定公十二年）三个月中孔子
的主张季桓子全部采纳，从无不同意见。而且为了孔子
的缘故，任用他的好几位弟子为官。如用子路为家宰，
任公西华为出使齐国的使臣，孔子还任原思为自己的家
宰。但是好景不长，孔子的目标、理想，与桓子是根本
不同的，孔子要维护的是周礼，是天子臣诸侯，诸侯臣
卿大夫，……这样一种统治秩序。桓子的目标、理想则
是维持卿大夫当权的现状。所以桓子只想解决家臣犯上
的问题，而孔子则还要解决三桓犯上的问题。这个矛盾
在堕三都过程中实际地暴露出来，正如公敛处父所说，
没有成就没有孟孙氏，所以没有三都就没有三桓。从三
桓的利益来看，三都的问题本来可以用另一种方法来解
决，譬如选用忠实可靠之人任邑宰，对邑宰权力加以适

当限制等等都不失为好办法，可是孔子对这些都不考虑，而是利用三桓对邑宰一时的愤怒，从根本上把它们拔去，可见他的矛头是指向三桓的。这样，两人之间的关系就出现裂痕，而且越来越大。

这期间又发生了孔子弟子公伯寮向季桓子告密的事件。

公伯寮是孔子弟子，经常出入孔子官邸与讲学之所，对于孔子的想法、策略以及与子路的重要谈话会有一定了解。这是一个卖师求荣的人，当他看到孔子、子路与季孙的矛盾以后，就向季孙告发子路的问题，希望以此得到季孙氏的赏识，谋得一官半职。他直接告发的人虽然是子路，但是实际上是孔子，因为子路的行动原则上都是孔子的安排。季孙虽然并不感到意外，但还是相当恼火："这个仲由，我对他多么好，可是他事事听孔丘的，跟我始终是两条心！"从此加速了他冷淡、架空孔子的进程。

孔子弟子中有一位子服景伯，虽是孟孙之后，但对孔子的思想和人品都十分敬重。作为三桓子孙，常在季孙家走动，最近，通过察言观色对公伯寮告密一事已有了解，知道此事非同一般，立即去向孔子报告。

孔子脸色严肃，半天不说一句话。他在想子路的处境，在想公伯寮的阴险。公伯寮平时对孔子对子路都很亲热，发表意见时肉麻地吹捧孔子，把孔子的思想往极端处发挥，对于这些孔子曾不点名地批评过："巧言令色，鲜矣仁。"（《学而》）就是说，花言巧语，媚态可掬，这种人很少有仁德。但没有估计到他会这样卑鄙地在自己背后捅上一刀。子服景伯见孔子脸色不对，进一步感到问题的严重，悄悄向孔子建议："先生，我在季孙面前说得上话，我可以向他揭发公伯寮的罪恶，让他陈尸市朝。这样可以避免事态向坏的方向发展。"

　　孔子说："你的心意我领了，不过，用不着去动那个公伯寮。大道流行是命定的，大道的废毁也是命定的，公伯寮能把命怎么样呢?"孔子和季氏一样清楚，他们之间的矛盾是两种根本不同政见的矛盾，所以该发生的迟早要发生，不是一个公伯寮所能左右的。

　　孔子的政绩是无可挑剔的，他的谋划也都是符合周礼的，季氏无法对他治罪，所以只有冷淡他架空他，让他无事可做，不得不辞职或出走。这时恰好齐人给鲁公与季氏送来歌妓舞女，以及披彩绣的马匹等等，鲁定公、季桓子接受之后，只顾享乐，三天不上朝。这在季氏是一箭双雕，既得到了声色之乐，又冷落了孔子。孔子有许多紧要公务要请示季桓子，硬是找不到他，家中鼓乐喧天，门人总说桓子不在。

为了这些女人，就把孔子晾在一边，子路气愤不过，劝孔子赶快出走。孔子觉得目前的职位对自己行道大有好处，不可轻易放弃，但凡能将就着不走还是不走，于是说："再等等看。鲁国今天要祭天，如果他们把祭肉给我送来，说明他们心里还有我，我还可以不走。"按照周礼，祭天之后，要将祭肉送给大夫，鲁国一向是这样做的。可是这一次祭天之后，并不送祭肉给孔子，孔子于是决定离开鲁国。

孟子说："孔子为鲁司寇，不用。从而祭，燔肉不至，不税冕而行。不知者以为为肉也；其知者以为为无礼也。乃孔子则欲以微罪行，不欲为苟去。君子之所为，众人固不识也。"（《孟子·告子下》）这个分析相当有说服力。孔子是因为季氏"不用"而出走的，祭肉不至只是一个由头。孔子这样的名人、高官出走，对于鲁公和季氏来说是不光彩的，所以孔子要寻找不分送祭肉这件事，让人看到，自己是为了肉，或为了季氏的无礼，赌气出走的。让人感到，鲁公、季氏固然不对，孔子也过分小气了一点，在大众面前把出走的真正原因掩盖起来。

孔子师徒走到鲁国边境的屯邑住了一夜。第二天，师己赶来送行，他问孔子："您不是怪罪谁吧？"孔子说："我来唱一支歌吧——那些女人之口，可以逼人出走；那些女人出现，可以令人死败。我要优哉游哉了，以此安度余年。"师己回去，告诉了季桓子。桓子说："夫子怪罪我，是为了齐国的美女啊！"（《史记·孔子世家》）孔子走的时候，没有声明出走的原因，人们可以猜测、分析是不送祭肉的缘故，但是桓子想要知道他本人是如何说的，于是派了师己去送行。孔子通过师己告诉季孙的是美女问题，季孙也乐于接受这种说法，这是因为这个说法比不送祭肉深刻一些，可以向一些有头脑的人做解释，但是它又没有把他们之间最深刻的分歧点出来，保住了那条薄薄的面纱。

这是鲁定公十三年的事，这年孔子五十四岁。从此他为实现自己的政治主张在列国间奔走，吃尽苦头，经历了长达十四年的流亡生涯。

周游列国

在卫：从政无门

鲁定公十三年（前 497 年），孔子一行离开鲁国来到卫国。在鲁国的近邻中齐国最强大，如果能在齐国施展才能当然最好，但是夹谷会上，孔子得罪了齐人，到齐国去是不合适的。卫是小国，但其始祖是卫康叔，与周公同为太姒之子，关系最亲。孔子说过："鲁卫之政兄弟也。"（《子路》）两国制度非常相近，卫国的文化氛围与鲁大体相近。同时，孔子弟子中琴牢、句井疆、颜浊聚等许多人是卫国人，而且颜浊聚又是子路的妻兄，他们有广泛的社会联系与影响。这些对孔子在卫国站稳脚跟以至出仕都是非常有利的，所以他们一开始便选定卫国为目标。

孔子一行进入卫国后，孔子见这里人烟稠密，田里劳作的人很多，于是感慨地说："人真多啊！"弟子冉有为孔子驾车，听了这话，问孔子："在人多的基础上如何提高一步呢？"孔子说："让他们富起来。"冉有又问："富了之后，怎么再提高一步呢？"孔子说："让他们受教育。"（《子路》）当时孔子心情不错，觉得能在这里为政，让卫国人民富裕起来并且懂得礼节，也是一件了不起的事业。四方之人看见这个榜样，纷纷来学，那就更好了。他说："如果用我当政，一年就差不多了，三年就会很有成就。"（《子路》）

孔子到了卫国首都帝丘（在今河南濮阳），开头照常讲学，同时了解卫国情况。弟子子贡见他在求职方面没有任何动静，为他着急，就向他提出这样一个问题："假设有一块美玉在这儿，是把它收藏在匣子里好，还是找一个识货的商人卖掉好？"子贡极富形象思维，话说得漂亮，他把孔子的才能比作美玉，想知道他是否有意卖给公侯之家。孔子答道："卖呀，卖呀！我是在等待识货的人呀！"（《子罕》）当时他正在了解卫灵公是不是一个识货的人。不久，卫灵公听说鲁国名人孔子来了，于是召见孔子，依礼存问。他问孔子在鲁国俸禄是多少，孔子据实以告：六万小斗。灵公说："好，卫国也给您六万小斗。"有了这么多粮食，孔子师徒才能在卫国生活下去。孟子说，孔子"于卫灵公，际可之仕"。所谓际可，是接

遇有礼的意思，既有俸禄也有虚衔，有别于公养之仕，后者只拿俸禄，并无虚衔。所以当时灵公可能给了孔子一个闲散官职，究竟是何职位，已经无可详考。

当时卫灵公正忙于联齐伐晋，第二次见到孔子便提出战阵方面的问题来讨教。孔子认为，卫国和其他国家一样，病根就在抛弃礼乐而突出战争，所以回答说："礼仪方面的事，我曾经学习过。但是军旅之事，未曾学过。"(《卫灵公》)孔子是无所不学的人，军事当然也学过，但是他认为这些知识只能用于正义战争，而不能帮助诸侯卿大夫穷兵黩武，进行不义战争，所以不肯与卫灵公谈军事。还有一次，灵公心不在焉地与孔子谈话，正在这时，一只鸟在他们头上盘旋，灵公抬头盯着看了半天，根本不知孔子说了些什么。孔子老大不高兴，这不仅仅是失礼的问题，它意味着卫灵公对孔子的学说，对礼乐的复兴毫无兴趣。(《史记》)

在匡、蒲遭难

孔子师徒在卫国住了十个月，对于卫灵公的心态已经摸得清清楚楚，他并不想真正用孔子为政，只是借孔子大名提高自己的声誉而已。不仅如此，他听了有关孔子的坏话以后，怀疑孔子与反对自己的公叔戍有联系，派人监视孔子。实际上孔子只是与其父文子有交往，此时文子早已作古。这些做法引起师徒们的不满，于是决定到陈国去求发展。他们一行于定公十三年底，离开卫国前往陈国。弟子陈国贵族公良孺带了五辆车随行，他可能是力主到陈国去的人之一。一行人来到郑卫边境，遇到了很大的麻烦。

第一件就是《论语》所说的"子畏于匡"，即孔子被匡人扣留。《史记》对此事有如下的记载：

> 将适陈，过匡，颜刻为仆，以其策指之曰："昔吾入此，由彼缺也。"匡人闻之，以为鲁之阳虎，阳虎尝暴匡人，匡人于是遂止孔子。孔子状类阳虎，拘焉五日。颜渊后，子曰："吾以汝为死矣。"颜渊曰："子在，回何敢死！"

原来，阳虎在七年前曾带领鲁国军队参加诸侯讨伐郑国的军事行动，攻克匡邑，肆意迫害那里的百姓，匡人记忆犹新。颜刻可能参加了那次战斗，在赴陈的路上他给孔子驾车，快到匡邑时他用鞭子指着城墙一个缺口说，我当年就是从那个口子冲进城里的。路上的匡人闻听此言知道他是鲁人，再往车里一看，坐着一个老者，样子很像阳虎，以为阳虎又来了，但这次人单势孤，没有什么可怕的，于是集合了数十百人，将孔子一行团团围住，抓起来，拘留了五天。待弄清是孔子而非阳虎之后，释放了他们。

第二件事是在蒲邑发生的，蒲距匡仅几十里路。《史记》说：

　　会公叔氏以蒲畔，蒲人止孔子，弟子有公良孺
者，以私车五乘从孔子。其为人长贤，有勇力，谓
曰："……吾与夫子再罹难，宁斗而死！"斗甚疾。
蒲人惧，谓孔子曰："苟毋适卫，吾出子。"与之盟，
出孔子东门。孔子遂适卫。子贡曰："盟可负邪？"
孔子曰："要盟也，神不听。"

　　卫国贵族公叔文子之子公叔戌打算除掉卫灵公夫人
南子，密谋流产后逃到自己的采邑蒲，以蒲叛卫。事情
发生在定公十四年春，与孔子过匡被扣大体同时。孔子
来到蒲，正好遇上此事，蒲人要把他们留下，一起来对
抗卫灵公。随行的公良孺有勇力，拼死与蒲人搏斗，蒲
人觉得制服他们也很难，于是向孔子提出，要走可以，
但是有一个条件，你们要发誓，不到卫国去。孔子答应
了，于是双方在一起订下盟约，蒲人便放了孔子一行。
孔子出了蒲的东门，便径直往帝丘去了。子贡问："盟约
难道可以背叛吗？"孔子说："这是胁迫之下签订的盟约，
神是不认可的。"他们转了一圈，又回到帝丘。卫灵公知
道他们与公叔戌并无关系，态度变得相当友好。他们又
在帝丘安顿了下来，一直住到公元前 493 年卫灵公去世
方才离开。

论　仁

　　孔子中年以后，大力推行礼乐教育。在这个过程中

他体会到，礼乐是形式，是规范，要想把这个形式或规范贯彻到生活中去，还必须用一种思想观念来统率，这个思想观念就是仁。春秋战国时期，战争频仍，社会动荡，旧的社会秩序逐步瓦解，在人们的思想中神的地位下降，人的地位上升，仁就是人的自觉，在政治上道德上对于人的自觉。从道德上看，人只有把自己当作人，才能自觉地按人的行为标准——礼乐行事；从政治上看，人只有把他人当作人，亦即自己的同类，才能自觉地爱人爱民，实行德政。

一天，颜渊来问孔子："先生经常提到仁，仁究竟应该如何理解？"

孔子对他说："克己复礼为仁。一日克己复礼，天下归仁焉。为仁由己，而由人乎哉？"这就是说，约束自己，使自己言行符合社会规范，这便是仁，一旦你这样做了，天下的人都要说你是仁人。孔子强调，仁完全是个人的自觉行为，只能依靠自己，不能依靠别人。

颜渊又问："那么，为仁的具体条目是什么？"

孔子告诉他："非礼勿视，非礼勿听，非礼勿言，非礼勿动。一切依礼而行，决不要越出礼的规定。"

　　颜渊非常严肃地表示："先生的教导太重要了，我虽然迟钝，但一定好好实践它。"

　　颜渊的提问使孔子感到是时候了，应该把自己对仁的思考讲给学生了。于是他在课堂上对学生提出一个问题："礼呀，礼呀，仅仅是指玉帛之类的器物吗？乐呀，乐呀，仅仅是指钟鼓之类的乐器吗？"（《阳货》）

　　子贡回答道："礼与乐虽然少不了玉帛与钟鼓，但不仅仅是玉帛钟鼓。在它们背后要有真情实感。臣对君行礼就要有忠君之心，子对父母行礼就要有孝亲之心。先生曾经教导我们，孝不仅是给父母做点什么，更重要的是要有爱敬之心。以养老为例，不养老当然不是孝，但只给父母饭吃却不给好脸色，没有爱敬之心，那也不是孝。为什么呢？养的对象不但有亲，也有犬马，如果对亲没有敬爱，那么养亲与养牛马有什么区别？"

孔子听了很高兴："赐说得好，但是忠君孝亲之心又是从何而来的呢？"

子路说："那是自然而然产生的。"

宰我说："跟先生学习之前，我对父母态度不够好，不高兴时会冲他们发脾气。当时也觉得很自然。"

孔子说："宰予说得对。光靠自然而然，能产生孝心，也能产生不孝。忠君孝亲之心是从仁产生的。仁是什么？仁就是人之道。人认识到自己是人而不是牲畜，于是自觉地遵行道德准则，见父知孝，见君知忠，这就是仁了。"

仁是道德自觉，它不是出于对刑法的惩处或舆论的非难等外在力量的恐惧，而是出于人格的觉悟。当人认识到道德使人成为不同于禽兽的人，当人履行了道德便觉得心安，反之就感到负罪的时候，他就达到了仁。

仁不但是一种主体自身的关系，也是一种主体间的关系，也就是说仁是人对于他人的原则态度。当冉雍（仲弓）来问仁时，孔子阐述了这层意思。

孔子说："对于他人要敬，如何是敬？出外办事要像会见贵宾一样，役使百姓要像进行大祭一样。对于他人还要恕，如何是恕？己所不欲，勿施于人。也就是说，自己不愿意接受的，不要施加给别人。最后，无论在哪

里，都不要怨天尤人。冉雍啊，你能做到这些，就是一个仁人了。"

冉雍说："我愿意照您的话去做。"

子贡提出这样一个问题："如果有人能对百姓普遍施惠，让大家都过好日子，怎么样？是不是做到了仁呢？"

孔子说："能做到这些，就不仅仅是仁了，一定是圣了，这是连尧舜都难以做到的。仁是什么？就是对人忠，将心比心，推己及人，做到己欲立而立人，己欲达而达人。以自己为例，推及他人，这便是行仁的方法。"

推己及人，对他人敬重，讲恕道，忠诚，这就是爱人。所以当樊迟来问仁时，孔子就说："爱人。"（《颜渊》）这里的人指的是什么人？"文革"当中批判孔子，认为他所说的人，仅仅指奴隶主。这种说法根本不符合孔子的原意与他的整个思想体系。《论语》上不断记载孔子关于"安百姓"（《宪问》），"泛爱众"（《学而》），"博施济众"的言论。如果说，人字在某些文献中曾经专指社会上层人物，众字则从来就是最广大下层民众的称谓。所以，孔子仁爱的对象大大超出了家族和等级的界限，是全人类。在他看来，人不仅是家族、等级的成员，还是人类的一员。人应该把他人当作同类，给以同情与关心。孔子弟子子夏说："四海之内皆兄弟也。"（《颜渊》）清楚地表明了仁是一种人类之爱。

孔子的课堂生动活泼，一个道理讲出来，他和学生都要反复地用历史人物与事件来验证。学生们听了仁的理论之后，纷纷讨论管仲是仁还是不仁？子路、子贡都认为管仲不仁。理由是，管仲与召忽原来都是辅佐公子纠的。齐襄公死后，他的两个儿子公子小白与公子纠争夺君位，结果小白得胜，成为齐桓公，纠则失败被杀。召忽自杀殉难，尽了为臣之礼。但是管仲不但没有殉难，反而辅佐了齐桓公，失了为臣之道。

孔子不同意他们的意见。他说："管仲辅佐桓公，称霸于诸侯，改变了天下战乱的局面，民众到现在还享受他带来的好处。如果没有管仲，我们大概早成了野蛮人，披散头发，穿着左开襟的衣服。""桓公多次与诸侯会盟，不依靠武力，这是管仲的功劳，这就是他的仁。"（《宪问》）孔子认为最值得重视的，不是个人与个人的关系（包括与君主的关系），而是个人与民众的关系，像管仲那样为天下民众做了大好事，尽管没有遵守臣为君殉难的道德，他也还是仁人。

在这里应该指出的是，孔子虽然主张爱人，但是他认为爱是必须有差别，有厚薄的。最爱的应该是父母，然后依关系的从近到远而逐渐减少他的爱，这样，到了与自己的家族、亲戚无关的人那里，爱便相当稀少了。另外，爱人也不意味着士大夫与民众的平等。所以孔子的仁爱不是无差别的普遍的人类之爱。

孔子还向弟子们指出，光有仁是不够的，仁应该与

智结合起来。智是人的知识化与理性化趋向，他说，"知
（智）者不惑"，意思就是智者有知识，按理性办事，所
以不致迷惑。他告诫有些愚笨的弟子子羔说："好仁不好
学，其蔽也愚。"（《阳货》）要求他好好学习。

无奈见南子

孔子积极寻找政治出路，为此他打算响应当时已经
叛晋的佛肸的邀请，到中牟去干一番事业。原来在定公
十三年（前497年），晋国的赵氏与范氏、中行氏斗得越
来越厉害，这年冬天，范氏、中行氏出奔。中牟是范氏
的采邑，邑宰佛肸帮助范氏、中行氏对抗赵氏。史书上
说佛肸"以中牟叛"，实即以武力反对在晋国掌握了大权
的赵氏，可能与公孙不狃一样，以张公室抑私家为旗号，
所以深得孔子同情。大约是在定公十三年冬或十四年春，
佛肸来召孔子。孔子打算应召前往。子路表示反对。他
说："我过去听您讲过，亲身做坏事的人那里，君子是不
去的。佛肸以占据中牟反叛晋国，您却要去，怎么说
呢？"孔子说："不错，我是说过这样的话。不是说真正
坚硬的东西是磨不薄的吗？不是说真正白的东西是染不
黑的吗？我难道是一个不能吃的苦葫芦？怎么能老是系
在那里不给人吃？"（《阳货》）孔子急于用世的心情跃然
纸上，但是像对公山氏之召一样，他只是说要去，并没
有真的成行。

　　《史记》上还有一则故事，说孔子听说晋国执政之卿赵简子雄才大略，礼贤下士，很有作为，于是打算到晋国投奔赵简子。师徒多人向西行，很快来到黄河边，正要渡河的时候听说赵简子杀了晋国的两位贤大夫鸣犊、窦犨，这使孔子非常震惊，站在黄河边慨叹道："壮观啊，黄河！你是如此的汹涌澎湃！可是我不能渡过黄河了，这是命啊！"然后他向弟子们解释不渡河的理由。这两位都是晋国的贤人，赵简子不得志的时候是靠了他们才发达起来的，现在执掌了政权却杀害了这两个人。君子不能伤害他的同类啊！鸟兽对于不义的事情还要避开，何况是我呢！于是，一行掉转车头，重新回到帝丘。这件

事的可信度比较小，钱穆先生曾辩之曰："孔子欲赴佛肸之召，则同时决无意复欲去见赵简子。……鸣犊、窦犫，此两人绝不闻有才德贤行之称见于他书，孔子何为闻其见杀而临河遽返？疑此事实不可信。"（《孔子传》）还有，孔子最凶恶的政敌阳虎这时正在赵简子帐下效力，并且深得简子信任，孔子到那里岂非自投罗网？这个记载也许与应佛肸之召有关，事实可能是孔子一行的确是往中牟去了，但是到了黄河边上遇到新的更大的困难，因而未渡而返。司马迁把它当作另一件事记录下来，投奔的对象则由佛肸变为赵简子。故事并不真实，但是反映出的孔子的思想情绪却是真实的。

孔子是一个有政治理想和远大抱负的人，年近花甲尚未有成，所以他是急于用世的，他应该利用机会沟通与上层的关系，使他们对自己产生兴趣。但是，他是儒士的代表，传统文化的集大成者，社会正义的承担者，又不能为了用世而屈尊。在当时的形势下，特别是在他客居卫国的情况下，要处理好这两者的关系，其难度实在是非常之大。这样，就有了一个"子见南子"的事件。

南子是卫灵公的爱妃，曾与卫大夫美男子宋朝私通，名声不佳。她听说孔子大贤，名闻诸侯，很想见见，于是派人告诉孔子："四方之君子不辱欲与寡君为兄弟者，必见寡小君。寡小君愿见。"寡君指的是卫灵公，寡小君指的是南子。孔子当然不愿见她，于是婉言谢绝。但是南子多次派人来请，孔子害怕得罪南子与灵公，违心地去见南子。会见时，南子坐于帐帷之中，孔子入门之后，向北叩头，南子在帷中也向孔子下拜还礼，身上佩的玉器叮咚作响。孔子回来对弟子们说："我原本不想见她。这次见了，她还能以礼相答。"表明自己只是礼节性拜会，而且也受到了礼遇，未失身份。但是，子路听不进去，他认为孔子为求一官半职，连南子这样的人也要去见，大失体统，非常不满。孔子没有办法，只好对天发誓："如果我动机不纯，就让老天厌弃我，让老天厌弃我！"（《雍也》）

弟子不理解，外面的人当然更不理解。卫国大夫王孙贾来见孔子，问道："有一句俗话说'与其媚于奥，宁媚于灶'，这是什么意思？"奥即室中深隐之处，这里比喻宫闱中的南子；灶在明处，这里比喻朝堂，指卫公与众卿大夫。他的意思很明显，劝孔子不要讨好南子以求仕进，要在卫国求仕就正大光明地在朝堂上表现。孔子对他的回答是："我既不媚奥，也不媚灶，完全按天意行事，违背天意，向谁祷告都没有用。"（《八佾》）王孙贾是孔子所称赞的一位卫国贤大夫，他的不理解，使孔子感到更多的悲凉。

另外，还有一件事也很让孔子十分不痛快。卫灵公邀孔子出游，孔子同意了。到时一看，灵公与南子两人同乘一车，宦者雍渠为他们驾车，让孔子乘第二辆车跟

在后面，招摇过市。按礼在那种场合之下南子不该出现，至少也不该乘坐第一辆车，而让大名鼎鼎的孔子乘第二辆车。这使孔子感到很难看。事后，他对人说："我没有见到像爱美色那样爱德行的人。"（《卫灵公》）

避乱到陈国

鲁哀公二年（前493年）卫灵公卒，卫国发生内乱。三年前灵公太子蒯聩因为要谋杀南子，事败逃往晋国，投了赵简子，为他立过战功。灵公死后，卫人立蒯聩之子辄为君，这即是出公。赵简子认为，将蒯聩送回卫国为君肯定对晋国有利，于是不顾卫人的反对，派阳虎将蒯聩送了回去。蒯聩以戚为据点，准备力量要打到帝丘，其子辄也积极备战，要把蒯聩赶走。一场父子争夺君位的丑剧便拉开了帷幕。孔子师弟觉得卫国不宜再留，于是决定到陈国去。陈国在卫国之南，中间隔着曹、宋等国，路途遥远，弟子们在路上走固然辛苦，孔子坐在车中也很难熬，那年月道路条件不好，到处坑坑洼洼，车子一颠一摇，乘车人也许不及走路人来得舒服。

过了曹，来到宋。孔子没进宋都商丘（在今河南商丘），只想取个近路早日到达陈国。可是没料到，宋国有个蛮不讲理的司马名叫桓魋，他从来反对儒士，尤其讨厌当时最著名的大儒孔子，把他们一行看作瘟疫，发现他们入境之后就要立即把这些人赶走。一天，孔子与弟子们在住地附近的一棵大树下演习礼仪，早就盯在一旁的桓魋火冒三丈，派兵把大树拔掉，并且威胁他们趁早离境。弟子们劝孔子赶快出发，孔子气愤地说："天生德于予，桓魋其如予何！"（《述而》）意思是天在我身上生了这样的品德，那桓魋能把我怎样！这实在只是一时的气话，知道桓魋不会理睬那个天，所以他还是跟弟子们走了。他们害怕桓魋追杀，临时改变行进路线，不往南而

往西，所有人员分散行动，约好在郑国的都城新郑集合。

几天之后，子贡等人来到新郑，四处寻找孔子。有一个郑国人对子贡说："东门有个人好像在等什么人。他脑门像尧，脖子像皋陶，肩膀像子产，但自腰以下比禹短了三寸，疲惫不堪像条丧家之狗。"子贡猜他说的是孔子，赶到东门，果然发现孔子在那里张望。孔子大难不死，所有弟子都安全到达，早把宋国的不愉快都抛在一边，当他听子贡学了那位郑国人的话以后竟然笑了起来，说道："长相是次要的。他对我的神情说得很准——像丧家之狗，不错不错！"（《史记》）

孔子一行又经过一段时间的跋涉终于到了陈国的都城宛丘（在今河南淮阳）。陈湣公得知孔子来到陈国，非常高兴，召见了孔子，并给了一个官职，大概也像在卫国的官职一样，是虚衔，有禄米可以生活，但是没有实权，不问事。这样孔子师弟又有了比较安定的生活，开始教学和研究。

当时陈国出了一件怪事，有一只隼落在陈国宫廷，坠地而亡。人们发现它身上贯穿着一支楛木箭，长一尺八寸，箭头是石制的，非常奇特。陈湣公得到报告之后，对朝臣们说："这箭一定是很古的东西了，各位爱卿谁知道它的来历？"没有人能够回答。

公良孺对陈湣公说："我的先生孔子，是当代大圣。去年吴国攻下越国的会稽，得到一节骨头，有整整一个车厢那么长，不知是什么人的，派使臣到卫国，请教孔子。孔子说：'当年大禹召集各族首领到会稽山聚会，防风氏迟到，大禹把他杀了。防风氏个子大，被称为大人，他的骨节有一个车厢那么长。据此大体上可以断定，那是防风氏的骨头。'吴国使臣听了连声说'善哉，圣人！'看来今天这个问题也只有他能回答。"

于是陈潜公派人去问孔子。孔子拿箭看了看说："这是肃慎国的箭。武王克商的时候，通知各方的少数民族，让他们以自己的土特产来进贡，借此使他们不忘自己的职分。当时肃慎进贡的，就是这种楛木石镞长一尺八寸的箭。武王将此箭分给了他的长女大姬，大姬嫁给虞舜之后、陈国开国君主陈胡公。因此肃慎之矢在贵国收藏国宝之府会找得到的。"陈人到故府中去查，果然找到了这种肃慎之矢。此事轰动了宛丘城，大家都说，陈国人不晓得自己的典故，要向鲁国的孔夫子讨教。陈潜公为首的满朝文武，对于孔子也是佩服得五体投地。

陈国的一些知名人士纷纷前来访问孔子，有人问他："先生，您大概是生而知之吧？"孔子说："生知的人可能是有的，但是这种人我还没有见过。我本人当然是学而知之的。我喜爱古代典籍、古代文化，勤奋地学习。有人自己不懂却凭空造作，我不是这样，我从闻见中得学问。多闻，择其善者而从之。多见，而识之。这就是仅次于生知的学知。"

子贡赞道："先生，您的记忆力真好！"

孔子说："你以为我只是多学并把它们记住吗？"

"好像是的，不对吗？"

"不对。我是一以贯之的。我不仅仅记忆具体事实，更要探求事物的基本原则，并用它来贯串事实。一类事物有一个原则，在掌握具体知识的同时努力去把握这个原则，用它来贯串具体知识，不但记得住，而且更有用。比如，武王分给同姓诸侯的宝物是美玉，表示重视之意；分给异姓诸侯的宝物是各少数民族进贡的物品，让他们不要忘记服从于王。掌握这一原则，异姓诸侯所得之物，如陈胡公与大姬分得肃慎矢便容易记忆也容易理解了。"

众人听了收获都很大，懂得了为学之道。

在 陈 绝 粮

但是安定的日子只过了三年，吴国与陈国的大战重开，孔子不得不再度远徙，这次是不折不扣的逃难。从地缘政治来看，陈国的情况让人不敢羡慕，它以一个小国夹在大国之间，东北是齐国，西北是晋国，南边是楚国，东南是吴国。大国争雄，经常以陈为战场，战事不断，民不聊生。哀公六年（前489年）春，吴国为了报旧日怨仇，大举进攻与楚国结盟的陈国。攻陈也就是攻楚，楚国当然不能坐视。楚昭王闻讯立即率军来救。那年秋天，昭王在攻打大冥（在今河南项城县境）时病逝，主帅缺位，楚国便从陈国撤军。吴军乘机挥军前进，打到宛丘城下。孔子师弟就是在这种情况下仓皇出逃的。他们的目标是楚国，具体说是楚国的负函（今河南信阳）。楚国叶公诸梁是一位贤人，既管理着叶（今河南叶县），也管理着负函，孔子闻名已久，这次赴楚便是奔他而去的。

老子说："大军过后，必生荆棘。"孔子一行往南走，一路上见到的是逃难的人民，破败的房舍，荒芜的土地，满眼战争景象。他们带的粮食不多，几天之后粮食吃光，路上竟然找不到一粒粮食，大家都饿坏了，好几个人根本站不起来。这就是有名的"在陈绝粮"。孔子有惊人的意志力，他虽然也和大家一样没有吃的，但是却精神抖擞，照常讲诵弦歌。他的弟子中多数是急于用世的，跟着孔子学习是希望增长才干，与政界建立联系，以利于将来承担重任。但是目前的困境，是他们原来没有预料到的。子路跟着孔子曾经辉煌过一阵子，做季氏宰时不必说，即使是在卫国时也是吃穿不愁，现在见这么多好弟兄饿得东倒西歪，就不高兴地来见孔子，问他："君子也有穷困的时候吗？"孔子坦然地回答："君子固然也有穷困的时候，但是小人一遇穷困便要胡作非为了。"也就是说，目前的困难正考验着每一个人是君子还是小人，自己可要把握得住啊。孔子意识到，对他的思想学说的怀疑情绪正在萌芽：跟孔子是不是跟错了？所以不能仅

仅提醒大家划清君子小人的界限，还要认真解决信仰危机，使弟子们的思想得到真正的提高。

于是孔子先请子路来谈。他问道："诗曰：'既非兕又非虎，整天在旷野里走。'我的道是错了吗？我们为什么落到这步田地？"子路说："我想可能我们还没做到仁，所以人家才不信任我们；我们还未做到智，所以人家才不让我们通行。"孔子对他说："是这样的吗？如果仁者一定被信任，怎么会有伯夷、叔齐？如果智者一定能处处通行，怎么会有王子比干？"仁者伯夷叔齐饿死在首阳山，智者比干被殷纣剖心。不能用他们的遭遇否定他们的仁与智。遭遇更主要的是由环境决定的，在黑暗的社会里，仁智之人有悲惨的遭遇，这是一点也不奇怪的。

接下来，孔子又与子贡谈这个问题，子贡说："您的道至高至大，所以天下没有人能够容得下您，为了人家能够接受，何不将您的标准降低一点？"孔子说："良农善于种植不一定善于收割，良工擅长技艺不一定擅长顺从。君子能够修道，把各方面的问题梳理清楚，但是不能够取悦于人，让人家接受。你却不是这样，你的志向不远大啊！"子贡认为孔子之道是对的，但是标准太高了，一般人接受不了，为了让人家接受，应该适应现实，将标准降低。孔子教导他，不能为了让人接受就降低道的标准，那样道就不存在了。

最后，孔子找来颜回，也谈这个问题。颜回的理解迥出于二人之上，他说："您的道至大，所以天下没人能接受。即使如此，您还是要推行下去，不被接受有什么关系！这种世道，不被接受才显出君子的本色。不修道是我们的耻辱，现在道已经大修而诸侯们不用，这是他们的耻辱。"孔子对于这个答案非常满意，笑着说："是这样的吗，颜氏之子！如果你财产多，我给你做家宰。"这三个得意门生受到点拨，思想境界都有提高。

通过探讨，大家认识得到提高，觉得眼前的困难并不意味着孔子的道是错的，恰恰相反，在黑暗的世道下，不被接受才显出它的正确，才显出君子之道的本色。有权势者不行孔子之道是他们的耻辱，而不是孔子的耻辱。弟子们的信心更坚定了，相信困难一定会过去的。孔子派子贡先行一步，到负函向楚国大夫叶公诸梁求救，叶公素慕孔子大名，很快送来粮食，挽救了这场饥荒。

在楚：与隐者相遇

不久，孔子师弟来到负函，受到叶公热情接待。这里是蔡国故地，虽然已属楚，人们仍习惯地称之为蔡。叶公是叶地长官。蔡昭侯将蔡国（故地在今河南上蔡一带）迁到州来（今安徽寿县西，此即下蔡）之后，楚王令叶公以负函为中心召集蔡之遗民，加以统治管理。叶公经常在叶与负函之间往来奔走，为政事操劳。孔子在负函期间有时也跟他到叶去走走。

　　叶公虽然贤明，但蔡人自觉为亡国之民，许多有学问的人不与当局合作，成了隐士，普通群众对于新的政权也是因无奈才接受的。叶公见到孔子之后虚心求教，问如何治理蔡地民众。孔子针对叶公的实际任务，回答说："近者悦，远者来。"（《子路》）就是说，对于已经应召来到负函的蔡人，要使他们满意、高兴，对于远方的蔡人则是让他们看到希望，前来投奔。在当时的条件下，人是最重要的生产力，能够把已在治下的百姓安顿好，又能把远方的百姓招到治下，国力就能强盛。这个意见不仅对负函是有意义的，对于其他地方、其他国家也是有意义的。

　　叶公与孔子谈得很投机，试着把对孔子的印象总结一下，但是总觉得抓不住要领，于是便去问子路，子路也感到困难，又去问孔子本人。孔子对他说："女（汝）奚不曰，其为人也，发愤忘食，乐以忘忧，不知老之将至云尔。"（《述而》）《史记》所记大体一致："由，尔何不对曰'其为人也，学道不倦，诲人不厌，发愤忘食，乐以忘忧，不知老之将至'云尔。"孔子没有夸张地把自己平日的心态、作为说了出来，但正是在这种朴实无华的叙述中展示了一个肩负社会道义的知识分子的伟大人格。他对于学道行道能做到努力起来忘记吃饭的地步，对于生活上的种种忧苦能做到随遇随忘，常常保持乐观的心境。说这些话的时候他已经六十三岁，他不但不承认自己已老，甚至根本不觉得将老。他是如何做到这一点的呢？是因为他有极高的精神境界，他的整个身心都在志学好学、志道乐道上面，有这种境界，瞬间即是永恒，当下即是不朽，所以他能那样坦然地对待生理的老与死。

前面说过，蔡地的隐者为数不少，他们有知识有能力，但是对于政治早已心灰意冷。亡国的遗恨，沉沦的悲伤，使他们愤世嫉俗，否定一切。孔子在楚遇到三批隐者，他们不同情孔子汲汲于出仕而四处碰壁的遭遇，有人劝他及早抽身罢手，有人对他冷嘲热讽。

一位在许多古书中都出现过的隐者楚狂接舆，经过孔子的车子时，唱着这样的歌儿："凤凰啊，凤凰！你的德行为何如此衰微？过去的无可挽回，将要来的尚可把握。算了吧，别再干了，现在的从政者都是非常危险

的!"孔子听到之后立即下车要和他谈话,但是他不想谈,很快地跑掉了。(《微子》)

长沮、桀溺也是隐者,他们在一起耕田。孔子从那里经过,让子路去打听渡口在哪里。长沮不答子路之问,反而问子路:"车上拿缰绳的是谁?"子路答道:"是孔丘。""是鲁国的孔丘吗?""是的。"长沮嘲讽地说:"他知道渡口,问他吧!"子路没办法转而问桀溺,桀溺也不答,反而问子路:"你是谁?""我是仲由。""是和孔丘一起的吗?""是的。"桀溺说:"现在坏人坏事如滔滔大水,天下到处都是,你们同谁来改变它呢?你们跟着孔子这样的避人之士走,不如跟着我们这些避世之士走。"避人是逃避坏人,避世是逃避社会,他们认为只有避世是正确的原则。子路一无所获,回去告诉孔子,孔子怅然若失,说道:"人不能跟鸟兽同群,不跟世上的人在一起又和谁在一起呢?如果天下有道,我孔丘就不必去改变它了。"孔子是说,即使世上坏人坏事很多,我们也不能避世,我们还是要和世上的人一起去改变无道的世事。

还有一位"荷蓧丈人",他对孔子也不满意。子路跟孔子出行,不巧落在后面,见一位挑着除草工具的老人,便问:"看见一位先生走过去吗?"老人说:"四体不勤,五谷不分,谁是先生?"不理子路,闷着头除草。子路拱手立在一旁。老人见他不错,就把他带到家里,让他吃住,还引见了自己的两个儿子。第二天,子路赶上孔子,把这件事告诉了孔子，孔子说老人是隐者，要子路回去找到老人说几句话。子路回去，老人走了，实际是不想见。孔子要子路说的话是："不出仕是不符合义的原则的，长幼的伦理关系是不能废弃的，君臣的伦理关系又怎么可以废弃呢？君子出仕就是要行个君臣之义，今天道不得行，我们早已知道了。"这个思想也就是"知其不可而为之"，行道不是要它在今天就实现，而是尽一个君子的义务。没有这种道义的承当，完全从事业的成败作功利的考虑，就不够一个君子。

回 到 卫 国

孔子在楚地住了几个月，发现楚文化与中原差异较大，礼乐传统相当薄弱，在这里推行自己的学说、主张，肯定比在中原更困难。于是以陈的战事基本结束为理由，向叶公辞行。叶公送了很多钱粮给孔子，把他们送出负函，走了很远一段路才依依惜别。到了陈国，孔子并不想住下来，对弟子们说："归与，归与！吾党之小子狂简，斐然成章，不知所以裁之。"他想念家乡的年轻人，说他们很有才气，但是缺乏必要的调教，所以他要回去尽自己的义务。这样在陈小住一段时间，便又上路，不久来到卫国。卫出公对孔子还是不错。孟子说："（孔子）于卫孝公，公养之仕也。"（《孟子·万章下》）据钱穆先生分析，卫孝公实即出公。出公让孔子养老，不担任官

职而有俸禄，生活当然过得去。但是这时卫国形势非常微妙。卫灵公之子、出公之父蒯聩占据着戚，准备夺回君位。年轻的出公有群臣支持，极力保住君位。从礼上说，这父子俩都有为君的条件，但是也都有其困难。孔子回到卫国究竟支持谁，就成了一个大问题。弟子们都想了解这个秘密。

一天冉有对子贡说，"先生是不是站在卫出公这一边？"子贡说："这个问题得让他自己来答，让我去试试看。"

他到了孔子住处，对孔子提出这样一个问题："伯夷叔齐是什么样的人？"

孔子一听就知道他的来意，故意说："有什么可问的，他们是古代的贤人嘛。"

子贡又问："他们饿死首阳山，心里是不是有怨气？"

孔子说："他们的目标是求仁，实际上也得到了仁，又有什么可怨的呢？"

子贡心里明白，出来之后对冉有说："先生并不支持出公。"

商末，孤竹君有二子伯夷、叔齐，叔齐立为继君。孤竹君去世后，叔齐让长兄伯夷为君，伯夷遵父命让叔齐为君。后来双双弃国而逃到周。因为反对武王伐商，又逃到首阳山，最后饿死在那里。子贡所问在于了解孔子对他们相互让位的行动如何评价。孔子认为虽然实际的结局是悲惨的，但是他们实现了自己的道德理想，精神得到最大的满足，所以没有怨。通过对夷齐的评价，透露出这样的思想：出公父子为争君位而互相伤害，那就是不仁的，他不支持任何一方。在孔子看来，父子二人应该向夷齐学习，相互推让，实在解决不了也可以弃国而逃。子贡引用典故设计了一个巧妙的问题，把孔子的想法完全挖掘出来了。

子路觉得孔子的说法难以操作，就去问孔子："如果卫出公请您出来主持国政，您认为什么是当务之急？"

孔子回答说："恐怕是正名吧。我要把君臣父子的名分搞正。"

子路是性急直爽的人，一听说孔子要正君臣父子的名分，就惊异地大叫起来："您竟然迂到这个地步，干吗要正这个名呀？"

孔子严肃地说："仲由啊，你太粗野了！君子对他所不懂的，总是存而不论，绝不乱说。为什么要正名？我告诉你，名不正，说话就不顺当；话不顺，事情就办不成；事情办不成，礼乐就不能实行；礼乐不实行，刑罚就不能恰当；刑罚不恰当，百姓就无所措手足。所以君子定下一个名，就要说得顺，就要行得通。君子说话绝不能随随便便。"在子路看来，作为执政大臣在卫国正名分，简直是瞎胡闹，难道可以让出公下台吗？但是孔子认为为政的根本是坚持原则，名分是周礼的最大原则，

所以必须正名。坚持原则才能从根本上治好国家，如果一味迁就不合名分的现实，那么言、事、礼乐、刑罚等等都不能走上正轨，人民将无法生活。

正名在当时的卫国是无法实行的，如果孔子出任卫卿，那么结局会比在鲁国时的被迫出走更悲惨。孔子是一位思想家，一位道德理想主义者，虽然不乏处理政务的才干，但是他的理想主义气质压抑了他的才华，所以他不可能成为成功的政治家。

归　鲁

据《史记》记载，哀公三年（前492年）季桓子病重时曾经乘着辇去看鲁城，在城墙边上他长叹一声说："我们鲁国差一点就要振兴，可是由于我得罪了孔子，让他长期流亡在外，所以没能兴盛得起来！"然后对站在一边的儿子季孙肥（康子）说："我死之后，你将做鲁国的执政，到时候一定要召孔子师弟回来呀！"季桓子不可能是追悔自己贬抑公室和不用孔子的错误，他大概感到让孔子这样的名人流亡在外，有损自己的声誉，所以要儿子把孔子召回，即使不能用，把他养起来，还可以落个养贤之名，总比让外国得这个名声要好。康子上台之后，开始用孔子弟子帮助他管理政务。孔子不想在卫国出仕，也就让弟子们回鲁从政。最先回去的大概是子贡，他做的是外交工作，参加过鲁与吴的会谈。后来冉求回鲁做了季孙氏的家宰。子路也经常往返于鲁卫之间。弟子们纷纷回去做官，意味着孔子终将返鲁。

孔子在诸侯间奔走了十几年，始终找不到行道和施展才能的机会，深深感到在能看得到的将来，不会有什么作为了。他已厌倦了羁旅生涯，与其寄人篱下，不如回到自己的祖国，即使不能被用，也可以在培养鲁国子弟，整理国故方面做些事情。再说，当时惹自己生气的鲁定公、季桓子都已作古，回去面对的是一些新面孔，也就没有大的障碍了。

哀公十一年（前484年），冉有为季康子统兵，与齐国大战于郎，打败了齐军。康子非常高兴，问冉有："您看来很会打仗，不知是学的呢，还是生来就会？"冉有说："跟孔子学的。"孔子弟子来鲁国从政，个个都有成就，战胜齐国更是振奋人心，这些事情促使康子下决心早日将孔子迎回。在这年下半年，康子派公华、公宾、公林到卫国，以币迎接孔子，这对孔子来说是正中下怀，于是带着一大批弟子返回到鲁国。离开鲁国那年是五十四岁，现在已经六十八岁了，洙泗之水所照出的不是满头青丝，而是须发皆白的形象了。当他看到阔别了十四年的鲁城时，当他在阙里老宅受到一大群乡亲们的欢迎时，真是感慨万千，悲喜交加，嘴里不断地说着："回来了，回来了，丘终于回来了！"

晚年生活

教学生涯，论中庸

孔子回到鲁国，被尊为国老。但是"鲁终不能用孔子，孔子亦不求仕"（《史记·孔子世家》）。孔子晚年将主要精力放在教育事业上面。这一段时间不算很长，但是孔子迎来了他教育事业的第二个高峰，许多青年从鲁国和各诸侯国来到鲁城，向孔子求教。孔子希望自己没有实现的大道能在弟子或弟子的弟子手中实现，所以对教学十分热心。他将自己的全部知识无保留地奉献给年轻的后学，他用自己的丰富阅历和人生感悟去启迪他们的心灵，收到了非常好的教学效果。前期的重要弟子多为从政型，如子路、冉有、子贡、子羔等，这时他们正活跃在政治舞台上；而后期弟子多为导师型，曾子（名参）、有子（名若）、子夏（名卜商）、子张（名颛孙师）等，他们后来都成了传播儒学和古代文化的重要人物。这可能与孔子如下的信念有关：目前没有行道的条件，与其培养从政人才，不如培养教育人才，为将来道大行于天下做准备。

孔子晚年特别重视中庸的思想。对于他来说，中庸是正确实施仁与礼两大原则的方法，也是仁礼结合的理想状态；是追求和谐的方法，也是和谐的理想状态。所以他在课堂上着重阐述过中庸的内涵。

他对学生说："中庸这种品德，是最高贵的。但是人们很久以来就非常缺乏它了。现在我要把中庸的观念传授给你们。以前我也谈过中庸，跟我周游列国的学生们觉得难以理解，难自然是难的，只要你们是有心人，它也就不难了。"

子贡自从子夏与子张两位师弟入学以来，对他们的接触虽然不太多，但也觉得子张盛气凌人，子夏谨小慎微。子贡心中设计了一个挖掘中庸内涵的好题目，于是问孔子："先生，您对子张与子夏的看法如何？"

孔子对他说："颛孙师（子张）有点过头，而卜商（子夏）有点不及。"

子贡问："是不是子张更好一点？"

孔子说："过犹不及。过与不及一样的不好。"

子贡很高兴，不出所料，他的确出了一个好题目。

又问："这就是说，恰到好处是最好的，中正是最好的。是吗?"

"是的。中正就是中庸。"

"那么中正是由什么决定的呢?"

"礼呀，礼呀! 礼就是那个决定中正的标准。所以我们做任何事情都要允执其中，也就是恰当地把握那个礼。"

子贡说："您说的意思我能够理解，但是并不是所有的事情，礼都规定好了的。在礼没有明确规定的情况下，如何去决定中呢?"

孔子说："这又要回过头来看两端，也就是过与不及。过与不及都有其害处，圣人的中就是为避免两端之害而制定的。譬如父母亡故，礼规定孝子要三天不吃东西。这不吃东西的三天标准，是比照过与不及两端的情况制定的。父母死了，饭菜照吃，无所表示，这是不及;过于哀痛，七日不食，毁了身体，这是过头。在这二者之间，取三日不食，恰是无过无不及的中正处。另外治民有过严过宽;租赋有过重过轻;行礼有过隆过简，等等。把握两端之后，经过度量便可以找到不严不宽，不重不轻，不隆不简，亦即非此非彼的中点。这就是中正。舜最善于执事物两端，而用其中于民，这正是他的伟大之处。"

孔子中庸还有一层意思，就是和或中和。从和或中和这层意思说，中庸要求将两种或两种以上正确的行之有效的原则、思想、策略、方案等，妥善地加以调和，使它们相互融通，相互补充，相互制约，达到亦彼亦此的中和状态。

一次，有子来问仁与礼的关系。孔子对他说："从社会政治上来说，礼是秩序，它把人分成亲疏远近、尊卑贵贱，他们之间的职分不能改变、逾越；仁即是仁爱，它把人们用仁爱关系维系在一起，防止把礼规定的人们之间的界限变成对立。中庸就是要求把仁与礼两大原则调和在一起，行礼时不要忘记行仁，使行礼有中和的效果。而在行仁时不要忘记行礼，使行仁有巩固礼的效果。这就是中庸。"

有子说："能不能说，礼之用和为贵？"

孔子说："正是这样。但是不要忽略了仁之用啊！"

子夏问："您曾对我说过，君子和而不同，小人同而不和。这也是中庸的内容吧？"

"不错。和就是容纳各种人，使之和衷共济，容纳各种意见，使之相辅相成。同则是只容纳自己的同伙，只容纳相同意见，此外一概排斥。君子采取中庸态度：和而不同；小人则采取反中庸的态度：同而不和。"

樊迟问："如何实行和而不同？我想，总不能在善恶之间讲和吧，总不该在是非之间模棱两可吧？"

孔子说："说得好啊，樊须！你上次表示要学稼学

圈，我很不高兴，批评了你。现在看来你还是很善于思考的。中庸是有原则的，在是非善恶间模棱两可则是没有原则的。唯仁者能好人，能恶人。仁人君子应该有明确的好恶。只有好，没有恶，跟任何人，任何意见都能和，那就是流荡失中，那就是乡愿，而不是君子。所以实施中庸要坚持和而不流，中立而不倚。不偏不倚才能保证中正，不与谬误同流合污才能保证中和。"停了一会儿，他又说："弟子们，中庸既是目标，也是方法，又是君子应有的品德。我在七十岁前后，感到自己在修养方面，达到了从心所欲不逾矩的境界。我想，原因就在于我在中庸上面下了功夫。"

这个时期师生们的另一话题是鬼神。孔子受当时人文精神的影响，对于鬼神之事不感兴趣，所以一贯不谈"怪、力、乱、神"之类的问题，希望弟子们努力从事于人事：学习、修养、从政务。但是弟子中包括子路在内的许多人都对鬼神有兴趣，想知道孔子究竟有什么看法。

一天，子路来到孔子面前，小心地问："先生，请问如何侍奉鬼神？"

孔子冷冷地说："你连侍奉人都没做好，怎么谈得上侍奉鬼神？"

子路不甘心，说："我斗胆问一下，死究竟是怎么回事？"

孔子说："你连生是怎么回事都不知道，怎么能理解死？"（《先进》）子路讨了个没趣，只好垂头丧气地走了。

几天之后子贡来问，死人是有知，还是无知？

孔子对他说："这事是不能说的。说有知吧，我怕孝

子厚葬父母，损害了活人；说无知吧，又怕不孝之子不葬父母，弃尸荒野。所以不能说。如果你真想知道有知无知，等你死时慢慢去体会吧。"(《说苑·辨物》)

后来樊迟也来问同类的问题。孔子告诉他："集中力量做与民生有关的事，而不是去谄媚鬼神，对鬼神应该采取敬而远之的态度，这才是最明智的。"(《雍也》)孔子的这些回答，精神是一贯的，尽量与宗教迷信划清界限，所以对鬼神持怀疑、疏远态度；但是又不与传统观念决裂，所以凡遇这类问题，他都把它们搁置起来。这正是儒家的一种聪明。

至于天呀、命呀之类，孔子嘴上虽然经常说，但并不和学生们探讨其内涵。对他来说，天、命是人力无可奈何的必然性，但是多少带着一点神秘色彩。

治　六　经

孔子晚年另一件重要工作是整理古代文献——具体对象是被称作《诗》、《书》、《礼》、《乐》、《易》、《春秋》的六经。但是他对六经所做的工作各不相同。有的是整理，有的是在教学中加以发挥，而有的则是重新写作。

孔子自认是文王之后担负古代优秀文化承传重任的人，对于古代典籍向来十分重视。六经是他教育弟子的重要教材，由于时间久远，简策有散乱，传写有错误，写本有不同，所以有必要进行整理。自司马迁以来人们常说孔子"删《诗》《书》，定《礼》《乐》"。但是仔细考察，证据似不充分。对于《诗》《书》，他很可能只是编辑整理，而不是删节。至于《礼》，孔子时代还不存在。《周礼》、《礼记》是战国秦汉儒家著作，《仪礼》是春秋战国时代的部分礼制的汇编，其中可能有孔子口授的内容，主要是战国儒家的作品，而由汉代儒者编定。《乐》早已失传，它与孔子的关系已无法考证。孔子订正过古乐，他说："吾自卫反鲁，然后乐正，雅颂各得其所。"（《子罕》）在孔子时代，诗都是可以歌唱的，所以诗与乐是一回事。他正乐的结果是雅颂各得其所，也就是不仅使雅与颂文字对，声调正，而且明确什么人用什么乐，什么场合用什么乐，不得僭越。

至于《易》，孔子四十几岁时已经深入地研读过，晚年更是爱不释手，反复阅读，以至于连贯《易经》竹简的皮带子断了多次。一种很有影响的说法是孔子作《易传》（包括《彖传》、《象传》、《文言传》、《系辞传》、《说卦传》、《序卦传》、《杂卦传》等），理由是其中包含了孔子的重要思想。此说不能成立，因为有确凿证据说明《易传》是战国中期以后的作品。由孔子开始直至秦汉，有一个大体清楚的一代接一代的传《易》系统，《易传》作者就是这个系统中人，是他们把孔子《易》学研究的体会，写进《易传》中去的，所以其中有孔子思想并不奇怪，但是据此不能断定《易传》为孔子所著。

　　六经中《春秋》的情况与其他都不同，它是孔子所作。自孟子和司马迁肯定此事之后已经成为定论，后代虽有人提出不同意见，但都缺乏足够的证据。当时各国都有自己的历史著作，如晋之《乘》，楚之《梼杌》，鲁之《春秋》等都是。孔子《春秋》的特点是以鲁国《春秋》为主线，同时兼及天下各国大事，所以它是中国春秋时代的编年史，而不仅仅是鲁国史。孔子《春秋》的又一个特点是改变了以往历史仅仅记录史实的旧面貌，在历史著作中贯彻史家的思想观念，具体说来就是他的仁、礼、中庸等理论，及建设美好社会的理想。通过对春秋时期的历史人物与事件的评价，让人们建立正确的道德观和政治观，努力为善而不敢为不善。孟子说："孔子《春秋》成而乱臣贼子惧。"（《孟子·滕文公下》）其实不但是乱臣贼子惧，昏庸无道之君也惧。因为孔子虽然较多地批评了犯上作乱的行为，但是对于无道之君也有批评。这批评一般都是言简意赅的，如吴楚之君自称王，而《春秋》依原来周天子给他们的封号，称之为子，这便是对他们擅自称王的批评。又如卫献公暴虐无道，被大夫孙林父、宁殖逐出国外，旧史书上说"孙、宁逐卫侯"，但是孔子将它改为"卫侯出奔齐"，表示他是"自取奔亡之祸"。孔子主张写历史要秉笔直书，他赞扬直书的董狐为"古之良史"，这是中国史学的优良传统，但另一方面，他还要为尊者讳，为亲者讳，将君父的过失、屈辱和其他不光彩的东西曲笔加以掩饰，这是《春秋》中的糟粕。司马迁说："孔子为官断案时，他的判词尽可能地听取别人的意见。但是在写《春秋》时就完全不一样了，该写的写，该删的删，他的杰出弟子子夏根本帮不上忙。"孔子在讲授《春秋》时说："后世了解我是由于《春秋》，怪罪我也是由于《春秋》。"可见他本人对这部书的重视。

关 心 时 政

孔子虽然不在朝任职，但仍然关心政事，遇有重大事件总要表明自己的立场、态度，他并不奢求执政者按他的意见办事，只是要世人知道按照周礼，什么是是与非，什么是善与恶。他的弟子冉有在季孙氏府上做事，实际上也就是在朝廷上做事。按照孔子门中的礼数，每

天退了朝，他还要到孔子这里来请安。这时师弟之间经常要谈朝廷上的公事。一天冉有来得很晚，孔子问他："今天为什么退朝这样晚？"冉有说："有政事要处理。"孔子说："你说的是普通的事务吧？如果有政事，虽然他们不让我主事，但是还是要让我知道的。"（《子路》）的确，作为国老，哀公与季康子屡屡向他问政，遇有大事还常常派人上门通报并征求意见。这在执政的季康子当然只是礼节性的举动，说不说在孔子，听不听在他们。孔子对他们的用意当然也是一清二楚，所以想说什么就说什么，没有顾忌。

　　哀公久慕孔子之名，第一次召见孔子便急切地提出如何治理好鲁国的问题。在孔子看来，鲁国的问题在于三桓专权，鲁公徒有虚名。要改变这种状况，就要用贤人取代三桓。所以他回答道："治国要靠文王与武王之道，这些都明明白白地记载于简策之上，能不能实行关键在用什么样的人。贤能的人在位，文武之道便能实行，贤能的人不在位，文武之道便消亡了。"哀公想到三桓，于是接着问："贤者应该在位，那么不贤者该怎么办呢？"孔子说道："臣刚刚说过，让不贤者在位就是扼杀文武之道，不贤者当然应该去位。"但是，让三桓去位行得通吗？哀公就在他们控制之下，怎么能够拿掉他们呢？哀公不敢再往下说，只好赶快结束谈话，便对孔子说："您谈得很好，寡人获益匪浅。今天累了，就谈到这里吧。"

　　季康子多次问政于孔子，孔子每次的回答都是直刺他本身存在的问题。有一次季孙很恭敬地向孔子请教如何为政。孔子对他说："政者，正也。政的本义是对不正的东西加以纠正，使事物保持端正。端正的关键在于执政者，您能带头端正，那么其他人谁敢不端正？"季康子一听便明白，这是在批评他本人不端正，虽然不大高兴，可还是说："您讲得好，看来我要首先端正。"

　　又有一次，季康子因为鲁国盗窃问题严重，请教孔子如何解决。孔子一向认为康子欲望多，太贪婪，本想找个机会刺他一下，现在机会来了，他便严肃地说："盗

的根源不在下边，而在上边。如果您本人无贪欲，就是对行窃者进行奖赏也不会有人行窃。"康子说："就算我有欲，我的欲也和他们的欲不同。"孔子说："您的欲合乎周礼吗？您有不合周礼的欲，下边的人就会有不合国法的欲。"季康子不高兴，悻悻然地走开了。

孔子喜欢讲道，什么文武之道，周公之道等等。季康子听得多了，对道也发生了兴趣，于是向孔子表示，要以"杀无道以就有道"的办法来治国，问孔子意见如何。孔子谈话，矛头仍然指向康子本人，他说："杀人并不能消灭社会上的不善，解决问题不能只治标不治本。什么是本？本在当政者，在当政者如何引导。您本人想要善，那么民自然向善，为什么要杀呢！"季康子一听，问题又弄到自己头上来了，但是，这位国老打不得骂不得，只好自认晦气了。

此外孔子常常情愿或不情愿地接受季康子就某些具体政策问题所做的咨询。哀公十一年，即孔子回到鲁国的当年，季孙要改行田赋，派他的家宰冉有征求孔子的意见。来问几次，孔子都说不懂。最后康子让冉有说："您是国老，这个政策等您发话之后再实行，您怎么不说话呢？"孔子说："是不是等我说话然后决定，你是最清楚的。对于执政的请教，我是不会回答的。但是作为我与你私下里谈心，可以说一点看法。也许是老生常谈，我说话离不开周礼。君子凡事要依礼而行。施予要厚，做事要适中，收税要薄，因此据我看原赋便已经足够了。如果不按周礼，贪得无厌，即使改成田赋，很快地又要不足。再说，季孙如要按规矩行事，周公之典就在这里；如欲苟且而行，根本用不着来问。"鲁国有税有赋，赋是为军备而设的，以里或以邑收取，时有时无，数量也不定。由于当时的战事频繁，年年有军赋，这次改为田赋，目的之一是按田收取而不是按里或邑收取；目的之二是使之定量、经常化，这其实是势所必行。孔子坚持周礼，不满季氏之为政，所以对改田赋持否定态度。冉有将这番话报告季康子，康子说，这老头子太迂腐，他的话不能听。哀公十二年春天便开始实行田赋。

季氏要伐颛臾，派了冉有与子路去见孔子，征求意见。

这次孔子鲜明地表示反对。他很激动，劈头便批评冉有："冉求，难道不应该责备你吗？颛臾是周天子封在东蒙的，它就在邦域之中，是社稷之臣，怎么可以去伐呢！"

冉有一看孔子发怒了，连忙进行解释："先生，这是季孙的意思，我和子路都不同意的。"

孔子怒气未消，继续批评道："冉求啊！从前周任有句话说，'拿出你的才力来当差，如果不能胜任就辞职'，说得很好。出现危险不能扶持，跌倒了不能搀扶，要你们这些助手有什么用？你说季氏要干，你不同意，你以

为这样就可以脱离干系吗？你错了。老虎犀牛逃出笼子，龟甲美玉在匣中被毁，不是看守的过失是谁的过失？"

冉有于是又找出一条理由来进行辩解："颛臾这个城邑非常坚固而且靠近费邑，当年您之所以要堕三都不就是害怕下边以坚城对抗公室吗？所以留着颛臾不打，必定给后世子孙带来忧患。"

孔子更加生气了："冉求！君子最讨厌像你这样虚伪的态度——不承认自己贪得无厌，却要编造出一套动听的理由。我听说，作为国主、家主的诸侯、卿大夫，不怕财少，只怕不均；不怕人少，只怕不安。为什么？财富虽少，做到均平，就无所谓贫；人口虽少，做到和睦，就不显得少；实现安定，就不会有倾覆之危。正是因为这样，所以远方的人如不归服，就搞好礼乐文化吸引他们，一旦来了，就把他们安顿下来。现在仲由和冉求你们两人辅佐季氏，远方的人不归服，不能吸引他们来，国内人心涣散，不能保全，反而打算在邦内动武。我恐怕季孙的忧患不在颛臾，而在他自己的内部。"

孔子一直不停地在批评着，数落着。冉有子路连连做自我检讨，说回去一定把先生的意思转达给季孙。孔子不住声他们也不敢走，后来趁老人家口干舌燥要喝水的时候，两人一溜烟地逃走了。季氏听了两人的汇报，掂量了很久，最终没有动手。

孔子对冉有的表现很不满意，在洙泗书院写《春秋》

时，一想到近来发生的事就写不下去。他把曾参、有若一班弟子们召集起来，对他们说："人不能没有原则，我们的原则是什么？是周礼。过去我觉得冉求的缺点在不果断，容易退缩，所以我曾经告诉他，学习了一个道理就坚决去照着做，不要前思后想，患得患失。他跟我在外奔走的时候，这个缺点似乎有所改变。但是自从当上了季氏家宰之后，又严重起来，简直到了完全不讲原则的地步。季氏的主张冉求明知不对也不纠正，季氏比周公还要富，但是冉求却为他聚敛，使他的财富大大增加。冉求不是我们的人，你们可以鸣鼓而攻之！"冉求来请安，孔子不见，他的师弟们七嘴八舌地围攻他，吓得他不敢再来，为季氏聚敛的行为也收敛多了。子路本来对冉求的做法就有不同意见，但是他在季氏府里当差比冉有晚，位置在冉有之下，不好多说什么。自己的师弟们批评冉有，使他更坐不住了。这一天，他来到孔子的书房先做了检讨，说："过去碍着冉有的面子，对于季孙的非礼要求没有坚决抵制，现在是非已经如此分明，不能再糊涂下去了，我要学个'不能胜任就辞职'！"孔子开始脸色不太好，现在完全释然了，关切地问："到卫国去吗？你也是六十开外的人了，要多多保重啊！"子路说："到卫国，年龄是大了些，但是身体还好。今天弟子便向您辞行。"说着便倒身下拜。孔子把子路搀起来，说了些勉励的话。师弟二人依依惜别。谁也没有想到，这竟是

他们的永别，一年以后，子路在卫国的内乱中被杀。

　　哀公十四年（前481年），齐国的陈常在舒州杀死了齐简公，震动了齐国和各诸侯国。孔子认为这是大逆不道的弑君大罪，应该受到惩罚，他斋戒三天后，报告哀公，请求发兵讨伐陈常。哀公无可奈何地对孔子说："鲁受齐的损害，长期衰弱，现在您要伐齐，对付得了它吗？"孔子说："陈常弑君，齐国有一半人不赞成。我们以鲁国的民众为主，再加上齐国一半的人，完全可以打败他。"哀公说不服孔子，就让他去报告季孙氏。孔子对人说："我忝为大夫，对此事不能不表态。但是国君却要我去告诉季孙他们。"向季孙等人报告之后，得到的答复仍然是不同意。孔子又对人说："我忝为大夫，所以对此事不能不表态。"以孔子的聪明，不会不知道，以鲁伐齐是以卵击石。但是他认为这是关系正义是否得以伸张，周礼是否得以实行的原则问题，不能考虑后果，即使战败，还是应该去讨伐。不然这天下就只有得失的考虑，而没有正义的追求了。作为诸侯鲁公应该有这个态度，作为鲁国大夫他本人应该有这个态度。

去　世

　　孔子回到鲁国之后，跟老伴亓官氏感情非常之好。十四年不在一起，现在重逢，多么值得珍惜。那时两人总在一起述说各自的经历，说起来就没个完。孔子还趁别人不大注意的时候，驾上车带夫人到沂河边上走走。后来孔子全力投入教学，亓官氏身体不好，也没有到书院侍候他。忽然有一天，家人来报，老夫人病危。孔子慌忙回到家里，老伴已经奄奄一息。孔子在她的床边坐着，心里非常沉重。孔鲤要换他休息，他不同意："你去歇歇，我在这好好陪陪你娘。"第二天早上，亓官氏去世了。孔子一直重复着一句话："你怎么走得这么快，我回来还不到半年！"

　　孔鲤在娘死后，心情一直不好，想起娘就哭，哭了一年。孔子知道了就批评他："她过世，大家都伤心，但是哀痛的表达要符合于礼，总哭下去也是非礼的。另外，身体也受不了啊！"孔子不幸言中，孔鲤身体虽然不太差，但一年来的摧折，已经垮了，偶感风寒便也撒手去了。这年孔子六十九岁，是归鲁的第二年。

　　在孔子七十一岁时，最心爱的弟子颜渊死了。颜渊刚过四十，身体也还可以，谁也没有料到得病不久便命丧黄泉。在他生病的日子里，孔子天天派年轻的弟子到颜渊家里探问、安慰。这一天派去的弟子刚走一会儿，便慌慌张张地跑了回来，报告孔子：颜渊已经去世。孔子正在与几个学生谈话，听了之后如五雷轰顶，呆呆地说不出话来，好一阵子才捶着自己的胸脯哭喊道："老天啊，你要我的命啊！老天啊，你要我的命啊！"哭了半个时辰还不停止，弟子们劝他说："先生，节哀吧。您悲痛过度了！"孔子说："我悲痛过度了吗？不为这样的人悲痛，我为谁悲痛呢！"孔子喜欢颜渊不仅因为他聪明，悟性好，而且道德水平高，不迁怒，不贰过，达到了三月不违仁的地步。孔子很想倚重他来传播自己的道，不料他却先自己而死，确实比孔鲤死时还要难过。人们发现，孔子老了许多。

　　颜渊家贫，勉强置办了一口棺材，再也没钱买椁了。颜渊的父亲颜无繇觉得儿子在孔门也是有头有脸的人，

连个椁也没有，很不体面，于是要求孔子给颜渊买椁。他一边流泪一边说："先生，小儿跟了您一辈子，为了您的道，他从来没有出仕，现在不幸病故，我想总该有个椁吧，可是家里太穷，买不起，请您可怜。"孔子说："无繇啊，丧事虽然不能马虎，但是要根据家里的财力。有钱人葬仪不得过礼，没钱的能够装敛也就可以了。我鲤儿去年去世，你不记得吗，也是有棺无椁。"无繇说："颜回在孔门弟子中地位特殊，应该有椁。您有一辆车，经常闲置，能不能赏给我儿，用它来换个椁?"孔子说："无繇，你也跟我学过多年，怎么不懂礼呢? 不是我舍不得这辆车，但凡事要依礼而行。我虽然不任实职，但毕竟是大夫，按礼大夫出门是不能徒步走的。所以这车不能卖。"颜渊的几位师弟非常尊敬他，决定厚葬颜渊，孔子告诉他们不可以，但他们不听，偷偷凑钱买了椁，安葬了颜渊。孔子知道后，心情很复杂，心爱弟子得以厚葬，未尝不是个安慰，所以并未责怪这几个人，但是这毕竟让颜渊违了礼，于是他自言自语地对颜渊说："回呀，你把我当父亲一样看待，可我却没能把你当儿子一样看待，孔鲤的葬仪没有违礼，而你的葬仪却违了礼。不过，这不是我的主意，是你的同学们不听话。"

还是这一年，鲁人在钜野狩猎，叔孙氏的车夫抓获一只四不像，带回来给孔子看。孔子说："这是麟啊，是瑞兽啊! 你们怎么把麟抓回来了! 麟呀，你在乱世出来，

才有这个下场！唉，吾道穷矣！"他非常伤感，于是绝笔，不再写《春秋》。

　　哀公十五年（前480年），卫国出公父子争位的斗争有了出人意料的发展。蒯聩的姐姐伯姬是执政大臣孔悝的母亲，孔悝之父死后，伯姬与仆人浑良夫私通。浑良夫不自安，害怕一旦暴露要杀头。在戚邑坚持要取代出公的蒯聩知道此事后，对浑良夫说，你帮我入主卫宫，我免你三次死罪，而且还给你大夫职衔。浑良夫与伯姬商量要做长久夫妻，就答应帮助蒯聩胁迫孔悝，让他支持蒯聩上台。这一年闰十二月，蒯聩潜入孔伯姬家中，由伯姬带领，找到孔悝，拿长戈逼住他，要他与他们盟誓，盟誓之后又劫持他上了孔家的高台。卫出公听说孔悝倒向了蒯聩，便带了一部分人逃向鲁国。子路是孔悝的邑宰，听说事变，不顾一切地跑去援救。路上遇见孔子弟子卫国大夫子羔，子羔对子路说："你不管政事，没有必要去送死了。"子路说："我吃了孔氏的俸禄，就不能逃避。"冲到孔氏家中，对着高台大呼："太子（指蒯聩）何必扣留孔悝！即使杀了他，还会有人与你斗下去！"又说："太子是胆小鬼，我把台子烧掉一半，你就得放孔悝！"蒯聩恨得要命，派两个武士到台下去杀子路。子路毕竟上了年纪且又寡不敌众，斗不上几个回合，便被刺中要害，倒在血泊中了。奄奄一息的子路忽然发现帽缨断了，说："君子即使死了，帽子也要戴好。"艰难地结好帽缨，便死了。

孔子很快便听说卫国的事变，想到在卫任职的两个弟子：子路与子羔，忧心忡忡，寝食不安。子羔是普通大夫，并不与闻政事，不会主动死难，也不会投降阘瞢，逃奔到鲁国的可能性较大。子路虽然是小小的邑宰，但是他为人最讲忠义，必定冒死去救孔悝。所以孔子嘴里不断地念叨着："柴也其来，由也死矣！"果然，几天之后，子羔来见孔子，备述当时情况，估计子路是九死一生。又过了几天，卫国一位送信的人来见孔子，刚说到子路已死，孔子便流下泪来，马上吩咐在中庭祭子路，他到了那里朝着子路的神主放声痛哭。哭了很长一段时间，然后又让送信人谈详情，听说子路最后被剁成肉酱，只觉心头作呕，差一点吐了出来，立即命人把自己家里早上刚剁好的肉酱倒掉。这之后多少天都不想吃饭。

回到鲁国的这几年，不幸的事情接踵而来，先是夫人亓官氏、儿子孔鲤病逝，然后是心爱弟子颜回去世。这回又是另一心爱弟子子路死难，而且死得如此之惨。这对于孔子的打击实在太大，哀公十六年夏四月，在子路死去五个月之后，他终于得了重病。这一天，孔子一大早起来，拄着手杖，在门前漫步，子贡听说他病了之后，急匆匆从外地赶来看他，大老远地就喊了一声"先生！"然后跑过来施礼。孔子看到他又高兴又难过，说："赐呀！你来得怎么这样晚？真怕见不到你啊！昨天晚上

梦见自己坐在两楹之间，我大概快死了。"子贡心头一阵难过，平时伶牙俐齿的他，一时不知如何安慰孔子，只是说："您身体一向硬朗，寿长着呢！"孔子说："我的寿已经很长了，死并不遗憾，遗憾的是看不到大道流行于天

下。"说罢便吟唱一首歌:"泰山要坍塌了,梁木要摧折了,哲人要凋谢了!"反复唱了几遍,才慢慢走回房去。

七天之后,孔子去世了。

弟子们将孔子葬于鲁城北泗水边。他们为纪念孔子都服丧三年。三年之后各自打点行李回家,临行前相向痛哭,尽哀而去。只有子贡没有走,他在孔子墓边造一小屋,独居三年,然后回归故里。《史记》说:"弟子及鲁人,往从冢而家者,百有余室,因命曰孔里。鲁世世相传,以岁时奉祠孔子冢,而诸儒亦讲礼乡饮大射于孔子冢。"后来大概孔子子孙葬在他墓边的越来越多,住家户便逐步让了出来,孔里便成为孔氏家族的墓地,这就是现在曲阜城北的孔林。

孔子死后,弟子们开始编辑整理他们平日记录的孔子及部分弟子的言论,由于所闻不同,思想倾向不同,各人有各人的本子,名称也不一致,有的叫《论》,有的名《语》,有的称《记》,到了汉代才把它们编辑在一起,称为《论语》。开始时,有鲁人传的《鲁论语》,齐人传的《齐论语》,这都是今文即当时通行的隶书写的,后来又在孔子老屋墙壁中发掘出用篆书写的《古论语》。三种本子大体相同,但篇目、内容、文字等方面都有小的差异。西汉安昌侯张禹将鲁、齐两《论》编在一起,而成《张侯论》。东汉郑玄将《张侯论》与《古论》编在一起,成为流传至今的本子。《论语》中记录的孔子言行,与

《左传》的有关记载是研究孔子最可靠的资料，其他如《孟子》、《礼记·檀弓》等所记录的资料也较可靠。汉代以来，注释和研究《论语》人、书非常之多，形成经久不衰的《论语》热。历代读书人中除去为应试而读的情况之外，许多有识之士，特别是历史转折时期的思想家们，为解决当时的重大历史课题服务，总要重新阅读和解释《论语》，重新学习孔子的智慧。

结 束 语

　　孔子是伟大的教育家，他打破了"学在官府"的旧传统，开创了私人讲学的新风气，对于文化的"下移"和普及起了重大作用。他一生教授的"弟子盖三千焉，身通六艺者七十有二人"（《史记·孔子世家》），数量之大，罕有其匹，而且遍及当时鲁、卫、齐、赵、秦、楚、吴等各个国家。他们把历史文化知识和孔子思想传播到各地各阶层，对于战国时代诸子百家的兴起和学术繁荣做出巨大贡献，对后来中国文化教育事业的发展也有不可估量的意义。

　　孔子是伟大的思想家，是中国古代儒家学派的创立者。他适应当时的社会潮流，提出重人事、远鬼神的人文思想，提出有宗法等级但不过分对立、实行仁爱但仍有差别的

仁礼结合的社会框架和既尊重传统又适当损益（如礼制的改革与士人参政等），既维护秩序又照顾社会正义的改革道路。与最激进的改革派相比，孔子显得保守一些，但是与保守派相比，他是明白无误的改革派。他在所有重大问题上都显示了自己的中庸路线与品格。在这里要特别强调中庸不是折中主义，它是有原则的，是和而不流，中正而不倚的。他开创的不迷信鬼神，敢于以德抗位，以道批判无道（包括君主在内）的优良传统是自古以来中国学界与政界最可宝贵的财富。

　　孔子是伟大的伦理学家，他不仅提出以仁为中心的，包括礼、中庸、忠、信、智、勇、孝、悌、恕、恭、宽、敏、惠在内的一整套儒家德目，提出重义轻利、重道德自觉的道德理念，而且也提出了学问思辨行的修养方法与君子、仁人、圣人的理想人格与道德目标。他引导人们过这样的道德生活：从良心出发自觉行礼，以义务为准努力行仁。他奠定了中国传统伦理学的基本方向与基本原理。

孟子

程颐

荀子

朱熹

董仲舒

王阳明

　　孔子在经济、法律、政治、社会、美学、逻辑以至于军事等领域都有自己独到的贡献，这里不能一一细说。一个不可忽视的方面是他通过几十年的努力，把自己培养成为圣人，这里说的圣人与历代文人所说的全知全能、不犯错误的神不同，指的是最优秀的知识分子。孔子是活生生的人，也有普通人的弱点乃至错误，但他所达到的高度是普通人所不能企及的，他代表着知识、正义、道德与社会良知，具有特殊的人格魅力。正因如此，他才是不朽的，才会世世代代受人们的敬仰。

　　孔子去世之后，儒家学说分为八派。战国时代，以孟子为代表的仁义派与以荀子为代表的礼乐派，是儒家中最有影响的流派，而整个儒家则是当时的显学。孟子发扬孔子仁的思想，倡导仁政，主张"制民之产"，提出"民为贵，社稷次之，君为轻"的思想，认为人们有权更换无道之君。主张性善论，认为人只要把自己内心的仁义礼智之端充分发挥出来，就可以成为善人，而人君能如此，便能实行仁政。

荀子则发挥孔子的礼乐思想，强调人性恶，认为圣人有鉴于此才制定礼义，对人的行为加以规范，而人类正是在圣人的教化之下方才成为善的。另外他还主张，要在争霸的环境中统一天下，不能只靠仁政，要实行耕战政策，要富国强兵。这两派对于儒家思想的发展都作出了重大贡献。

汉代，以董仲舒为代表的公羊学理论成为儒学发展的新阶段。董氏理论强调尚德不尚刑，减轻人民负担，但是同时提出君为臣纲、父为子纲、夫为妻纲的三纲思想，在制度和思想上加强了对人民的控制。他像早期儒家那样重视人的努力，但他却把这些都纳入天人感应的神秘系统之内，要人们为争取天佑避免天谴，而努力行善。在道德领域把儒家义利之辨发展到极端，片面鼓吹义而否定利。凡此种种都非常适合汉王朝的封建的小农经济基础和专制主义中央集权的政治体制。汉武帝接受了董仲舒的"罢黜百家，独尊儒术"的主张，于是董氏理论就成为汉帝国的正宗思想。

宋明时代是儒学发展的又一高峰，北宋的周敦颐、张载、程颢、程颐以及南宋的朱熹，吸收佛家、道家、道教的理论，发展出一套以理、气、心、性为基本概念的理学理论，用以解释儒家的道德与政治观念，以及人的社会生活。提出人与万物一样由理与气构成，理（伦理之理，即仁义礼智）构成人的性，气构成人的身体。人与物不同在于，人的心能认识自己的性与理。因此人可以将由理决定的人的道德生活与由气决定的人的物质生活分开来处理。它要求人在不计较物质生活的情况下，过好自己的道德生活。这是一种非常精致的道德与政治哲学，既坚持了儒家的道德观与政治观，又大大提高了它的哲理水平，使之在与佛、道的斗争中处于优势。董仲舒公羊学形态的儒学，宋儒理学形态的儒学，都具有一定的宗教色彩，儒、佛、道并称三教。明代是传统封建社会发生重大变化的社会，王阳明思想是儒教的改革，它在某种意义上适应了这种社会的变革。但是由于种种条件的局限，由于历史发展的曲折性，中国历史的发展错过了机遇，儒家思想与中国社会一样，没有完成向近代的转型。

　　孟子学说，荀子学说，董仲舒学说，宋明理学，都是在对孔子学说重新解释的基础上创造出来的，用孔子的话来说，这也是一种损益。它们既是孔子的思想，又不是孔子的思想。它们都是在新的时代、新的条件下对孔子思想的改造、丰富与发展。孔子思想如果不经后来

诸大师的解释、改造，那它就仍然属于旧时代，不能适用于新时代。只有经过解释，传统才能存在；只有经过改变，传统才能延续。我们既不要在孔子儒学与后代儒学之间画等号，也不要简单地把它们对立起来。

汉代以后，孔子形象不断变化。汉人把他看作神怪，说他"长十尺，大九围，坐如蹲龙，立如牵牛，就之如昂，望之如斗"（《春秋纬·演孔图》）；南朝僧人视他为菩萨，称之为净光童子（此说法来源于《清净法行经》，但大藏经中未收，疑是伪经。），道士视他为仙，称之为太极无上真君；唐宋以后儒家人物则又把他看作人形神——全知全能的"至圣"。总之，他是绝对权威，谁敢怀疑他便是非圣无法，罪不容赦。从汉以来，历代统治者给孔子加了许多封号，如褒成宣尼公、素王、先圣先师、大成至圣文宣王、至圣先师，等等。他的后代被封为衍圣公，享受贵族的特权。这些都是尊孔的节目。

封建时代要尊孔，民主革命便要反孔。孔子几千年来都是作为封建制度的保护神而存在的，所以民主革命时期特别是五四时期对孔子的批评是必要的。五四时期对孔子的批评有片面性，但是基本上还是客观的，当时的先进人物明确地认识到孔子本人与历代君主所塑造的孔子偶像有所不同，他们的矛头主要是指向后者。"文化大革命"中又有一次批孔运动，从政治上来说，这次批孔运动是反动的，它是为"四人帮"反党活动制造舆论的；从学术上说，它没有任何价值，不讲道理，全是谩骂。

现在尊孔的时代过去了，反孔的时代也过去了，我们要以科学的态度来研究和评价孔子。孔子思想作为一个体系，长期以来一直是为封建制度服务的，用它来指导今天的社会主义建设实践当然是不合适的。但是它的许多观念、理论具有永恒的价值，只要我们善于运用马克思主义对它加以科学地批判继承，在今天也能发出动人的光彩。

孔子思想具有强烈的人文主义倾向，它的目光不注视神与来世生活，而是关注着人，人的现实生活，它强调人的努力与奋斗的意义，帮助中国人抵制了宗教迷狂。孔子思想渗透着浓厚的爱国主义精神，教导人们热爱自己的祖国、人民和华夏文明。孔子重视礼义，注意保持社会正常秩序。孔子强调仁爱，维护社会各个层面及人际关系的和谐，培养了中国人尊老爱幼，和睦邻里，救死扶伤，周急继乏等美德。孔子倡导中庸，努力维持秩序与正义，传统与革新之间的健康平衡。他崇尚道德价值，强调道德教化在政治生活中的重要性；他尊重知识，重视教育。由于他的倡导，这些都成了中国非常重要的优秀文化传统。这些宝贵思想，我们都应科学地、认真地进行分析研究，取其精华，为社会主义物质文明与精神文明建设服务。

孔子思想与后来的儒家思想很早便传入朝鲜、越南、日本等国，后来经由越南传入一些东亚、南亚国家。当时朝、越、日等国家都处在落后状态，孔子和儒家的思想带给他们的是先进的文化，帮助他们建立并调整好封建国家的各种制度与关系，对这些国家的发展起了积极的推动作用。近代以来，儒学落伍了，在这些国家相继被西学取代。但是二战之后，日本、韩国、新加坡以及我国香港、台湾等地区，经济发展很快，人们发现这与这些国家与地区的儒学传统有深刻联系。在资本主义生产关系建立之后，利用孔子与儒家所强调的忠孝观念，团结全体员工，为企业的生存发展奋斗，可以收到良好的效果。有的研究者称这种现象为"儒家资本主义"。16世纪末，孔子、儒家思想开始通过传教士传入西方。那时正是启蒙运动蓬勃发展的时期，不同于基督教的儒家思想深受启蒙学者的欢迎，在欧洲产生过不小的影响。现在，东亚和一些西方国家的有识之士，看到科技发达和伦理衰敝带来的社会弊病，希望借鉴孔子的伦理智慧解决这些问题。

孔子是古代世界的伟大导师，孔子思想是先民智慧的结晶，无论中国人外国人，无论今天和明天，人们永远可以从中得到有益的启迪。